다시 사는 재벌가 망나니 35

2023년 11월 10일 초판 1쇄 인쇄
2023년 11월 15일 초판 1쇄 발행

지은이 맹물사탕
발행인 강준규

기획 이기헌 왕소현 임동관 박경무 강민구 조익현
책임편집 금선정
마케팅지원 이원선

발행처 (주)로크미디어
출판등록 2003년 3월 24일
주소 서울시 마포구 마포대로 45 일진빌딩 6층
Tel (02)3273-5135 **Fax** (02)3273-5134
홈페이지 rokmedia.com **E-mail** rokmedia@empas.com

다시 사는 재벌가 망나니

맹물사탕 현대 판타지 장편소설

35

ROK
MEDIA
로크미디어

Contents

1장   7

2장   65

3장   123

4장   179

5장   239

1장

거기까지 생각한 크리스는 슬쩍 장여옥을 떠보았다.

"이번 방한 때 친구분도 만나 보셨어요?"

"응. 서로 그럴 시간이 잘 나질 않기는 했지만 어떻게든."

그러면서도 장여옥은 이번 방한 때 최서연을 어디서, 어떻게 만났는가 하는 건 얼버무렸다.

'그래 봐야 이미 나는 그녀가 요한의 집이라 불리는 고아원에 다녀왔다는 걸 알고 있는데 말이야.'

혹시 장여옥은 거기서 있었던 일을 밝히고 싶지 않은걸까?

하지만 장여옥이 요한의 집을 방문했다는 사실을 숨기듯 말하고 있는 건, 고아나 다름없는 자신을 배려해 하는 말일지도 모른다.

'어쨌거나 최서연의 초빙 목적이 장여옥을 요한의 집에 데려가는 것이라고 한다면…… 거기서 뭘 하려고 한 거지?'

크리스도 요한의 집에 대해서는 피상적인 사실밖에 파악하지 못하고 있었다.

'내가 아는 것이라곤 전생에는 요한의 집이 조광 쪽과 연관이 있었다는 것 정도가 고작이니. 흠, 이럴 줄 알았으면 좀더 캐볼 걸 그랬나.'

생각이 길었던 걸까, 장여옥은 크리스를 향해 빙긋 웃으며 말을 이었다.

"왜, 나한테는 친구 하나 없을까 봐?"

"아, 아뇨. 그럴 리가요. 마마는 한국에도 친구가 있대서 참 발이 넓구나, 하고 생각했지 뭐예요."

"너도 참."

장여옥이 웃었다.

"그러고 보니 크리스는 한국에 와서 친구는 좀 사귀었니?"

"아뇨. 아직 그럴 여건이 없어서……. 아마 학교에 가면 생기지 않을까 해요."

"후후, 크리스라면 아마 서로 친구하자며 말을 걸어오지 않을까? 이렇게나 귀엽고 똑똑하니까."

크리스도 미소 띤 얼굴로 고개를 끄덕이기는 했지만 속으로는 꼬맹이들을 상대로 우정을 쌓을 수 있겠나, 하는 생각을 했다.

'학교에 가서 보모나 안 되면 다행이지.'

문득, 장여옥이 미소를 조금 거둬들이며 말을 이었다.

"아, 참. 그렇지. 어쩌면 내가 크리스의 친구를 찾아 줄 수 있을지도 모르겠는걸."

"마마가요?"

"응. 마침 한국에 크리스 또래 친구들이 잔뜩 있는 곳을 알고 있지 뭐니."

흐음, 요한의 집 이야기를 하는 건가?

"그게 어딘데요?"

"으응, 요한의 집이라고……. 보육원이야."

말하는 걸 들으니 장여옥도 딱히 의도적으로 방문 사실을 숨길 생각까지는 없었던 듯했다.

'장여옥이 내게 그걸 말하는 걸 저어한 까닭은 그곳 원생들과 비슷한 처지인 나를 쓸데없이 배려했던 거였군.'

크리스는 속내를 드러내지 않으며 고개를 갸웃했다.

"보육원이요?"

"응. 내 친구가 거기서 일하고 있거든. 다들 착하고 귀엽더라. 크리스 또래도 많은 게, 아마 크리스가 거기에 가면 좋은 친구를 잔뜩 만날 수 있을 거 같아."

그러면서 말하는 투는 다소 신중한 느낌인 것이, 그녀는 크리스가 자신을 처지를 자각하고 비관하지 않았으면 하는 생각을 하는 모양이었다.

'그렇게 신경 써 줄 필요는 없는데…… 장여옥도 필요 이상으로 섬세하군.'

장여옥이 말을 이었다.

"마침 아까 이야기했던 이성진이라는 소년도 그 보육원 후원자라고 들었거든. 그러니까 크리스도 한 번쯤 방문해 보면 좋을 거 같아."

에이, 내가 뭐하러 거길 가.

생각은 그렇게 했지만 크리스는 미소 띤 얼굴로 장여옥의 말을 받았다.

"기회가 온다고 하면요."

그러면서 크리스는 별생각 없이 물었다.

"마마께서 말씀하시는 걸 들으니, 거기엔 저에게 좋은 친구가 되어 줄 애가 있나 보네요?"

"응, 마침 거기에 영어를 무척 잘하는 소년이 한 명 있었거든."

"그래요?"

고아원에 그런 인재가?

"응. 어디 보자, 무어라 듣기는 했는데 이름이 뭐더라……."

"……."

"미안, 도통 기억이 안 나네. 아무튼 나이도 크리스랑 비슷하다고 들었어."

흠, 이 시대에 벌써부터 영어를 할 줄 아는―아마도 장여옥과 프리토킹이 가능한 수준의—꼬마가 한국 고아원에 있었다니 그건 다소 놀랍군.

하지만 크리스의 감상도 그것뿐, 그녀는 자신이 상관할 바가 아니라고 생각했다.

그러고 있으려니 옥상 문이 열리며 웨이치가 돌아왔는데, 그는 의외의 인물과 동행하고 있었다.

"안녕하세요!"

윤아름과 김승연이었다.

'헐, 김승연이다.'

김승연이라고 하면 어쨌건 전생의 이맘 때 가장 잘나가는 청춘스타 중 한 사람이었으니, 물론 크리스도 그 존재는 알고 있었다.

'한성진(이성진) 그 녀석, 김승연을 자기네 소속사로 빼돌렸다더니…… 실물을 보고 나니 좀 실감이 나는군.'

김승연을 발견한 찬성은 움찔하더니 억지 미소를 지으며 그녀에게 다가왔다.

"어, 승연 누나!"

"그래, 나다. 그래서 나 몰래 하는 파티는 즐겁니?"

김승연은 싱글벙글 웃으며 찬성에게 말했고, 찬성은 하하 웃으며 그녀의 말을 받았다.

"그런 게 아니라 아름이한테 촬영이 있다고 들어서요."

"뭐, 있긴 했지. 원 테이크만에 끝내고 부리나케 왔어."

그러면서 김승연이 장여옥을 쳐다보았다.

"홍콩에서 오신 대스타님이 참석하신다기에 말이야. 이런 기회는 좀처럼 없지 않겠니?"

영웅은 영웅을 알아보는 법이라고 했던가, 장여옥은 자신을 바라보는 김승연의 시선을 피하지 않고 빙긋 웃는 얼굴로 응수했다.

"Hello."

"Hi. I'm……. 야, 미키."

술에 얼큰하게 취한 미키가 히끅, 딸꾹질을 하며 어기적거리며 다가왔다.

"불뤄써?"

"……이게 어디서 반말이야?"

"죄송합니다."

"됐으니까, 통역해."

"어, 음, 뭐라고 할까요?"

"그러니까…….'

무어라 말하려던 김승연은 고개를 저었다.

"에휴, 됐다. 한국말도 못하는 애한테 내가 뭘."

그러더니 김승연은 멀뚱멀뚱 서 있던 크리스를 쳐다보았다.

"아, 혹시 영어 잘한다던 꼬맹이가 너니?"

"아, 네. 크리스입니다."

크리스의 인사가 끝나자마자 김승연은 초면부터 다짜고짜 크리스에게 명령조로 말을 이었다.

"좋아, 크리스. 그러면 장여옥 씨한테 현재 한국에서 가장 잘나가는 스타, 김승연이라고 소개해 줄래?"

"……그러죠."

뭐 저런 안하무인의 망나니 같은 게 다 있나.

'윤아름이 왠지 언급하기를 꺼려하는 눈치더니, 다 이유가 있었군.'

생각해 보니 김승연에 대해 언급하는 걸 꺼린 건 이성진도 마찬가지였다.

'혹시 이쪽에서 김승연을 손쉽게(?) 데리고 올 수 있었던 건, 그쪽에서 이때다 싶어 버린 걸 주운 거 아닐까?'

김승연은 배우로서 실력과 커리어는 둘째치고 인성에는 하자가 좀 있어 보였다.

어쨌건, 크리스는 장여옥에게 김승연의 말을 전했다.

"마마, 이쪽은 윤아름의 선배 배우인 김승연이라고 해요."

물론, 어느 정도 필터링은 거쳐서.

"그렇구나. 만나서 반갑다고 전해 주겠니?"

"네."

장여옥의 말을 통역해 전달해 주자, 김승연이 픽 웃었다.

"그러면 전해. 나는 조만간 당신의 인기를 넘어 설 몸이 될 기라고."

"She's glad to see you too. (그녀도 당신을 만나서 반갑대요.)"

"······야, 어째 그 뜻이 아닌 거 같은데?"

"맞는데요."

"끙······."

어쨌건 김승연은 곧 부랴부랴 달려온 SBY멤버들과 천희수의 중재하에 남은 고기를 동내기 시작했고, 그 모습을 보던 윤아름은 한숨을 푹 내쉬며 크리스에게 사과했다.

"미안. 원래는 올 생각이 없었는데 언니가 계속 꼬치꼬치 캐묻는 바람에······. 저래 보여도 근본이 아주 나쁜 사람은 아니야."

"저한테 사과하실 일은 아닌데요."

전생에 남아 있던 야트막한 팬심마저 가루가 되어 사라지고 말기는 했지만.

"그래도."

"뭐, 어때요. 장여옥 씨도 별로 신경 쓰지 않는 눈치고요."

윤아름이 장여옥을 힐끗 쳐다보곤 픽 웃었다.

"응, 내 눈에도 그런 거 같기는 해."

한편, 김승연이 오거나 말거나 장여옥은 통화를 마치고 복귀한 웨이치와 진지한 얼굴로 예의 지방방언으로 이루어진 대화를 나누고 있었다.

당연히 크리스도 그 대화 모두를 알아듣지는 못했지만, 그들이 주고받는 대화 속에서 '인도네시아'라는 명사를 언급한

것에서 웨이치가 그쪽 관련한 이야기를 논의하고 왔다는 정
도는 알아냈다.

'감추려 해도 고유명사만큼은 어쩔 수 없지. 그리고 표정을
보아하니 아마 상층부에서 그쪽 스케줄을 진행해 보란 식의
이야기가 나오는 모양이군.'

윤아름이 말을 이었다.

"그런데 크리스, 밥은 많이 먹었니?"

"네, 덕분에요. 언니도 식사 좀 하시죠?"

"아니야. 촬영 전에 김밥 먹었어."

윤아름은 웃는 얼굴로 사양하며, SBY멤버들과 주거니 받
거니 하는 김승연을 보았다.

"사실, 너한테만 하는 이야기지만 참 대단한 언니이긴 해."

"그래요?"

"응, 정말로 원 테이크만에 촬영을 마쳤거든. 평소에는 저
렇게 미덥지 않지만 막상 일에 들어가면 그야말로 프로란 느
낌이 딱 들어. 다른 건 몰라도 저 집중력 하나만큼은 본받아
야 할 거 같다고 생각하는 중이야."

확실히 재능은 있나 보군.

하긴, 크리스도 김승연을 보며―오늘이 초면이기는 하지
만 하나를 보면 열을 안다고―저런 성격에 실력이라도 없었
다면 진즉 사장되었을 거 같다는 생각은 들었다.

'그리고 장여옥이 두각을 보이고 성공 가도를 달리기 시작

한 건 지금 김승연보다 더 어릴 적 일이니……. 김승연은 장여옥을 조금 질투하고 있을지도 모르겠어.'

그러거나 말거나 크리스는 자신이 신경 쓸 바는 아니라고 생각했다.

'이번 생의 김승연이 어떻게 되건 그건 그쪽이 알아서 할 일이지.'

윤아름과 그런 이야기를 주고받고 있으려니 웨이치와 대화를 마친 장여옥이 슬쩍 다가왔다.

"미안, 잠시 중요한 이야기를 하느라."

"아니에요, 신경 쓰지 마세요."

크리스의 통역하에 윤아름과 간단한 인사를 주고받은 장여옥은 '아, 그렇지' 하고 중얼거리곤 크리스를 거쳐 윤아름에게 물었다.

"윤아름, 너 요한의 집에 가 본 적 있지?"

"어? 장여옥 씨가 요한의 집을 어떻게 아세요?"

"한국에 있는 내 친구가 거기서 일을 하거든. 거기서 요한의 집에 윤아름이 방문한 적 있다고 들어서."

장여옥의 말을 전달하며 크리스는 그건 또 무슨 이야기인가 싶었다.

"맞아요. 언젠가 방송국을 통해 위문 공연을 한 적이 있어요."

"그랬구나."

윤아름이 크리스를 보았다.

"그리고 보니 너, 성아는 알고 있니? 한성아."

"네, 알아요."

한성아라면 아주 잘 알고 있지.

"걔도 거기서 나랑 같이 공연을 했거든. 아, 그렇지. 성아 걔도 바이올린을 해."

"네, 들었어요."

"그리고……. 아 참, 중요한 건 그게 아니지."

윤아름이 멋쩍어하는 얼굴로 장여옥을 보았다.

"I'm Sorry."

"Never mind. Anyway……. (신경 쓰지 마. 그나저나……."

장여옥이 물었다.

"아까 크리스랑 이야기를 하다가 이름이 기억 안 나서 좀 막혔거든. 거기 영어 잘하는 남자애가 하나 있지 않니?"

"영어를 잘하는 남자애요?"

"응, 나랑 의사소통이 될 정도로."

"……아뇨, 죄송해요. 잘 모르겠어요."

"그렇구나."

"아, 어쩌면 그사이 새로 들어온 원생일지도 모르겠네요. 제가 갔던 건 크리스마스를 전후한 작년 연말이거든요."

"그러면 모르는 것도 당연하네. 올해 중순쯤에 새로 들어온 아이라고 들었거든."

말이 나온 김에, 장여옥은 어떻게든 그 소년을 크리스에게 소개해 주고 싶은 모양이었다.

'별로 신경 안 써 줘도 되는데.'

그런 와중 옆에 있던 웨이치가 툭 끼어들었다.

"박강선 말인가?"

"아, 맞아. 박강선. 그런 이름이었어. 고마워, 웨이치. 한국 이름은 영 외우는 게 익숙해지질 않네."

웃으며 맞장구치는 장여옥을 보며 크리스는 움찔했다.

'박강선? 혹시 박상대의 사생아인 그 박강선 말인가? 설마 그 녀석을 말하는 건 아니겠지?'

설마, 하고 생각하기는 했지만 설마가 사람 잡는 법이었다.

'……아니. 역시 그 박강선이 맞겠군.'

그렇게 된다면, 지금껏 생각한 최서연의 '동기' 부분에서 어느 정도 의혹이 해소되는 부분이 생겨나니까.

생각해 보면 박강선이 한국에 있을 수 있다는 것도 충분히 고려할 수 있는 사안이었다.

'그 모친인…… 이름이 뭐더라? 아무튼 그 여자가 한국으로 들어와서 죽었고, 생물학적 부친인 박상대마저 사망한 상태이니.'

하지만 그 박강선이 가까이, 줄곧 거론되는 요한의 집이란 보육원에 재적해 있을 거란 생각은 미처 떠올리지 못했다.

'쩝, 한성진(이성진)이라면 그 박강선을 자신의 입김이 닿는

고아원에 두었겠지. 조금만 생각해도 알 수 있는 일이었는데 말이야.'

이성진이 조광 측과 접촉하게 된 계기가 요한의 집과 인연이 닿기 이전인지, 아니면 그 이후인지는 아직 모르지만 크리스는 전생과 달라진 조광의 현재가 그 일련의 사건들과 무관하지 않을 거라고 생각했다.

'혹시 한성진(이성진) 그놈은 내가 죽은 것이 조광과 무관하지 않을 거라 여기기라도 했나?'

그래서 이성진이 장차 자신의 적으로 거듭나게 될지도 모를 조세광을 일치감치 실각시키고, 그대신 자신의 입맛대로 움직일 수 있는 조세화를 오너로 앉힐 생각이었던 거라면⋯⋯.

'동기 자체는 알기 쉽군. 뭐, 쓸데없이 번거로웠다는 생각이 들기는 하지만.'

아마, 자신도 같은 상황이었다면 조세광을 그 후보군에 넣었을 테니까.

다만, 문제는 이성진이 최서연에게 고분고분 요한의 집을 비롯한 새마음아동복지재단의 경영권을 맡겼단 거였다.

'그랬던 놈도 최서연까지는 경계하지 않은 건가? 하긴, 놈은 최서연을 경계할 필요가 없다고 생각했을지도 모르지.'

조광은 새마음아동복지재단을 통해 박상대를 지원해 왔고 그 지저분한 일은 장래 조세화가 오너로 등극하는 것에 발목을 붙잡을지 모를 일이니, 장래를 고려한 이성진 입장에서는 기회가 왔을 때 일치감치 재단 일에서 발을 떼는 것이 수월하리라고 여긴 걸지도 모른다.

'성급했다고 할지, 안일했다고 해야 할지……. 아니 어쩌면 당시엔 그럴 수밖에 없는 상황이 찾아온 거려나?'

어쨌거나 박상대가 한국에, 그것도 요한의 집에 있다는 것은 알았다.

'그리고 박강선은 현재 최서연의 관리 아래에 있다는 것도.'

그렇다면 최서연이 장여옥을 한국에 불러들여 '비공식 일정'에 요한의 집을 방문하게 한 이유도 대강 짐작이 갔다.

'아직은 억측의 단계지만, 최서연은 아마 장여옥에게 박강선을 입양 보낼 생각을 하고 있었던 거겠지.'

물론 그 계획이 실현되려면 크리스도 아직 '이건 너무 나갔나?' 하고 생각 중인 가설의 단계를 거쳐야 하지만, 그 가설의 전제만 타협한다면 여러 모로 맞아떨어지는 점이 많았다.

'확증 편향은 주의해야 하는 법이지만, 주의를 기울여 나쁠 것은 없어.'

또한 그럴수록 '그들'에게 크리스 자신이 그 계획에 어떤 변수가 되리란 생각도 들었다.

'쳇, 번거롭게 하기는.'

이것도 다 이성진 그놈이 자신에게 모든 걸 밝히지 않고 진실을 감추기 때문에 파악이 늦은 것이라며, 크리스는 속으로 투덜거렸다.

'하긴, 그놈은 전생의 내가 누구라는 걸 모르는 눈치일 뿐만 아니라 진짜 이성진이라는 걸 생각조차 못하고 있는 모양이니……. 놈의 성격상 나를 경계하는 것도 이상하지 않군.'

동시에.

'흠, 한편으론 이성진 그놈이 거하게 일을 벌여 준 덕에 내가 몸을 숨길 수 있게 된 셈인가?'

'그들'이 이 일을 어느 정도 선까지 파악하고 있는지는 모르나, 이렇게 된 이상 아무도 모르게 물밑에서 일을 진행해야 할 당위성은 더 커졌다.

'이렇게 됐으니 차라리 뒤에서 등을 떠밀어 준 느낌마저 드는군.'

최서연이 박강선을 장여옥에게 입양 보내 무엇을 하려 했는지는 모르나, 상황을 보니 그 일도 잘 안 풀린 건 분명해 보였고 말이다.

"무슨 이야기 중이야?"

언제 왔는지 김승연이 불쑥 끼어들었다.

"아, 언니."

윤아름이 쓴웃음을 지으며 대답했다.

"별일 아니에요. 요한의 집이라는 보육원에 대해 잠시……."

"요한의 집?"

윤아름이 요한의 집에 대해 설명을 해 주자, 김승연이 고개를 끄덕였다.

"그랬구나."

"네. 저도 작년 연말에 다녀온 적이 있어서 조금 인연이 있던 곳이거든요."

"그랬어? 흠, 그러고 보니까 그런 방송을 본 적이 있었던 것 같기도 하고. 그런데 거기 이야기를 왜 장여옥 씨랑 해?"

윤아름이 장여옥의 눈치를 살피며 대답했다.

"실은 그 보육원 운영을 장여옥 씨 친구가 하고 계신대서요."

"그래? 훌륭한 분이랑 친구였네."

곁에서 크리스의 통역을 전해 듣던 장여옥이 물었다.

"그러면 혹시 올해도 그 연말 행사라는 걸 하니?"

"네? 아직 연말 스케줄이 어떻게 될지는 저도 모르겠어요. 왜요?"

"흐음, 별건 아니고. 왠지 올해에는 크리스도 참석을 하면 어떨까 해서."

거, 남의 일이라고…….

크리스가 장여옥의 말을 통역하지 않고 우물쭈물—하는 모습으로 보이는—하자 김승연이 재촉했다.

"뭐래?"

"……아뇨, 그냥. 장여옥 씨가 올해에는 저도 참석하는 게 어떠냔 식으로 말씀하셔서요."

"네가? ……아, 맞아. 아름이 말로는 너 바이올린 한다며?
잘해?"

크리스가 어깨를 으쓱였다.

"웬만큼은 해요."

"후후, 겸손을 모르는 걸 보니 미국인 맞네."

민족적인 선입견이 가득한 말이었지만 크리스는 신경 쓰
지 않았다.

"뭐, 어때. 괜찮잖아? 어디 한번 미국인의 자존심을 걸고
나가 봐."

"그럼 승연 씨……."

"언니라고 불러."

"……승연 언니는 하실 생각 없어요?"

크리스의 질문에 김승연은 픽, 하고 코웃음을 쳤다.

"내가? 거기 가서 동심이나 해치지 않으면 다행일걸."

본인의 성격이 어떻다는 자각은 하고 있는 모양이다.

김승연의 대답에 윤아름이 쓴웃음을 지었다.

"그래도 언니가 와 주면 거기 애들도 기뻐할걸요."

"에이, 됐어."

"좋은 일인데."

"됐대도."

약간 정색마저 하는 걸 보니, 김승연은 필요 이상으로 단
호했다.

'하긴, 그리고 보니 김승연은 전생에도 예능 방송에는 일체 출연하지 않았지.'

여타 연예인들이 작품 홍보 차원에서라도 예능 방송에 출연하는 것이 대세가 되던 시절이 왔을 때조차 김승연은 그런 일들을 고사하며 작품 활동만을 고집했고, 김승연의 그런 고압적인 태도는 방송 관계자들에게 시나브로 미운털이 박히기 시작하며 차차 일거리가 끊기고 말았다.

'그 자체가 몰락의 원인이라고 할 수는 없겠지만, 재능 넘치는 탤런트인 김승연이 어느 날인가부터 방송이 뜸해지고 사람들의 기억 속에서 잊힌 것도 그런 영향이 없진 않으려나.'

김승연의 예술론이 어떤지는 모르지만 맑기만 한 물에는 물고기도 살지 않는 법이다.

'뭐, 나한테는 아무래도 상관없는 일이지.'

애당초 올해도 그러기로 확정된 것도 아닌 일인 데다, 크리스 본인도 그런 '봉사활동'에는 흥미가 없었다.

'상황이 이렇게 되었으니 가능한 내 노출은 자제해야 하는 입장이 되기도 했고.'

물론 '공식적으로' 그런 제안이 왔을 때라면 그걸 거절하기는 쉽지 않을 거란 생각이 들기는 하지만, 그것도 그때 상황을 봐서 유동적으로 대처하면 그만이다.

"무슨 이야기니?"

장여옥의 질문에 크리스는 앞서 있었던 대화를 대강 설명해 주었다.

"흠."

장여옥은 잠시 생각하다가 입을 뗐다.

"그러면 크리스, 이렇게 전해 줄래? 만약 올해 연말에도 하겠다면 나는 거기에 참석할 의사가 있다고."

"예?"

그건 또 갑자기 무슨 소리야?

크리스가 놀란 만큼이나 웨이치도 움찔하더니 예의 중국 방언으로 무어라 따지듯 물었고, 장여옥은 딱딱하게 대꾸했다.

'아마 스케줄 문제를 거론하는 거겠지.'

결국 웨이치는 신경질을 내며 고개를 홱 돌렸고, 장여옥은 미소 띤 얼굴로 크리스에게 다시 말했다.

"어때?"

크리스는 하는 수 없이 장여옥의 이야기를 두 사람에게 전했다.

"끙……."

이렇게 되니 김승연은 무어라 말하기 힘든 곤혹스런 표정이 됐다.

자신보다 경력으로나, 실력으로나, 심지어 외국에 거주하는 장여옥이 하겠다고 하는데 여기서 내빼는 건 영 모양새가 살지 않는 일이니 김승연으로서는 외통수에 몰린 것이나 다름없는 상황이었다.

'아무리 연말에 바쁘다는 핑계를 대더라도 연말까지는 아직 몇 달이나 남은 데다가, 바쁘기로 따지면 본인보다 더 할 장여옥이 하겠다고 말했으니…….'

그럼에도 김승연은 선뜻 그러겠다고 대답하지 못했고, 장여옥은 그런 김승연을 향해 무어라 말했다.

크리스는 그 말을 김승연에게 전했다.

"언제나 팬을 소중히 여기는 것이 스타의 역할이래요."

"알아! 나도……."

김승연은 신경질적으로 대답한 뒤, 한숨을 푹 내쉬었다.

"뭐, 좋아. 까짓것……. 대신 조건이 있어."

"조건이요?"

"그래. 그날 활동은 방송에 나가지 않게 할 것. 그게 조건이야."

아예 판을 깔아도 부족할 판국인데, 의미심장하게 내건 조건치고는 특이하다고 생각했다.

김승연의 말을 통역해 전하자, 장여옥은 흔쾌히 고개를 끄덕였다.

"바라던 바야."

굳이 통역이 없어도 그 태도를 보고 무슨 대답인지 눈치챈 김승연은 떨떠름한 얼굴이 됐다.

"……흥, 이렇게 된 이상 나 혼자 죽을 수는 없지. 집합!"

김승연의 말에 일부러 거리를 두고 있던 SBY일동과 천희수가 부리나케 모였다.

"무슨 일입니까?"

천희수의 질문에 김승연은 떨떠름한 얼굴을 한 채 크리스에게 바통을 넘겼다.

"통역, 설명해."

"……."

내가 그런 것까지 해야 하나?

그래도 시키는 대로 했다.

"오."

천희수가 눈을 동그랗게 떴다.

"웬일입니까?"

"내 말이."

김승연이 코웃음을 쳤다.

"어쨌거나 그렇게 됐으니, SBY 니들도 참석해."

김승연의 말에 찬성은 뜨악한 얼굴이 됐다.

"네? 하지만 누나, 연말은 가수들이 가장 바쁜 시기인데……."

"뭐래."

김승연은 눈 하나 깜짝하지 않으며 장여옥을 힐끗 쳐다보았다.

"그래서 네가 장여옥 씨보다 바쁘단 말이야?"

"그건…… 아닌데요."

"아무튼 그 이야기는 이걸로 끝. 반론은 받지 않겠어."

SBY일동은 어찌할 바 몰라 하는 얼굴로 천희수를 보았지만.

"뭐, 어쩔 수 없지. 이렇게 된 거, 연말 스케줄을 열심히 조율해 봐야겠는걸."

정작 천희수는 싱글벙글 웃는 얼굴이었다.

상황이 이렇게 되니 구석에서 그들과 어울려 술을 홀짝이던 매니저도 비틀거리며 다가와 혀 꼬부라진 중국어로 물었다.

"무슨 일이에요?"

장여옥이 영어로 대답했다.

"응, 실은……."

장여옥의 이야기를 들은 매니저는 중간부터 술이 확 깬 듯한 얼굴이 됐다.

"Wait……. (중국어) 지금 농담하는 거죠?"

"(영어) 농담 아니야."

"(중국어) 어떻게 그걸 저랑 한마디 상의도 없이……."

"(영어) 밍메이랑은 상의할 상황이 아니었는걸?"

이렇게 되니 매니저는 벌레 씹은 얼굴로 웨이치를 보며 중국어로 따지듯 쏘아붙였다.

"웨이치, 당신은 말리지 않고 뭐 했어요?"

웨이치가 담담한 얼굴로 대꾸했다.

"말렸어. 그런데 되레 '올해는 내 마음대로 하기로 하지 않앉냐'고 따지더군."

흐음, 그게 그런 의미의 대화였군.

매니저가 한숨을 푹 내쉬었다.

"하아, 이거 참. ……알았어요. 일단 보고는 해 둘게요."

장여옥이 빙긋 웃으며 크리스를 보았다.

"그러면 내 매니저도 허락했다고, 모두에게 전해 줄래?"

이 상황은 설령 중국어를 몰라도 장여옥이 억지를 써가며 밀어붙인 상황이라는 걸 모두가 눈치챘지만, 크리스는 일단 그렇게 전했다.

'나 원, 결국 연말에도 장여옥을 보게 되었군.'

어쩌다 보니 이런 상황이 되고 말았지만 곰곰이 생각하면 그렇게까지 나쁜 이야기는 아니라고 생각했다.

'그나저나.'

크리스는 떨떠름한 얼굴을 한 김승연을 힐끗 쳐다보며 생각했다.

'아무리 김승연의 성깔이 개차반이어도 그렇지, 보통 이렇게까지 기를 써 가며 대외활동을 반대하나?'

뭐, 내 알 바는 아니지만.

연말에 다시 만나기로 해서 그랬는지 크리스와 장여옥의 작별은 담백했다.

"자, 여기 네 바이올린. 그럼 또 보자."

"네!"

그렇게 장여옥과 매니저는 웨이치가 운전하는 스포츠카와 함께 떠나갔고, 배웅을 마친 크리스에게 천희수가 말을 건넸다.

"그러면 이제 슬슬 크리스도 집으로 돌아갈까?"

크리스가 회수한 바이올린 케이스를 끌어안으며 고개를 끄덕였다.

"네."

"그래. 그럼 가는 김에 아름이랑 승연 씨도 바래다줄 겸, 크리스가 두 사람 좀 불러오겠니?"

내가 왜, 하는 말이 목구멍까지 치솟아 올랐지만.

'뭐, 어차피 여기 혼자 있어 봐야 할 것도 없고.'

크리스는 이미지도 관리할 겸, 다녀오기로 했다.

"네, 그럴게요."

"그래. 그럼 나는 차에 시동 걸어 놓고 기다릴게."

크리스는 엘리베이터에 올라 옥상으로 향했다.

옥상에서는 SBY멤버들과 윤아름이 한창 뒷정리를 하는 중이었는데, 김승연은 홀로 벤치에 앉아 종이컵에 담은 술을 홀짝이고 있었다.

"저기."

크리스가 말을 건네자 김승연은 고개를 돌려 크리스를 보더니 조금 뒤늦게 알은체를 했다.

"아, 통역이니."

"크리스입니다."

"아, 그런 이름이었지. 본명은 뭔데?"

"크리스티나 밀러예요."

김승연이 멀뚱멀뚱 크리스를 보았다.

"크리스라는 거, 예명 아니었어?"

"아닌데요."

"그러면 교포?"

"네. 아빠 쪽이 미국인이에요."

크리스의 대답에 김승연은 눈을 가늘게 뜨고 크리스를 자세히 보았다.

"아, 그러네. 눈이 파랗구나."

지금껏 몰랐던 건가?

김승연이 히죽 웃으며 벤치 옆자리를 툭툭 두드렸다.

"앉아."

크리스는 선 채로 대답했다.

"희수 오빠가 바래다준다며 데리고 오라고 해서요."

"까짓것, 내가 태워 줘도 되잖아. 뭣하면 우리 집에서 자고 가면 되고."

크리스가 김승연이 손에 든 종이컵을 물끄러미 쳐다보았다.

"술도 드셨으면서요?"

"엎어지면 코 닿을 거리인데, 뭘."

그러고 보니 전생의 김승연은 음주운전에 걸렸던 적도 있었지.

크리스가 딱딱한 얼굴로 대답했다.

"싫은데요."

"어느 쪽이? 내가 바래다주는 거? 아니면 우리 집에서 자고 가는 거?"

"둘 다요."

여배우와 자는 것 자체는 아무렇지도 않지만, 이번엔 말그대로 잠만 잘 뿐인 데다가 외박을 하고 싶은 생각은 들지 않았다.

'막상 만나 보니 피곤한 성격이야.'

이래서 TV에서만 보던 배우를 현실에서 만나면 안 된다고들 하는 것이리라.

크리스의 대답에 김승연이 씩 웃었다.

"왜. 해가 지니까 엄마 품이 그립니?"

"저 엄마 없어요."

"……엥?"

"그래서 지금은 바른손레코드의 백하윤 대표님 댁에 얹혀 살고 있고요."

백하윤이 뒷배라는 걸 알고 나면 좀 고분고분해질까 싶어한 말이었는데, 김승연은 의외로 사과를 했다.

"아…… 미안."

"괜찮아요."

어차피 얼굴도 모르는 인간이다.

"아빠는?"

"미국 교도소에 계세요."

그 말을 들은 김승연의 얼굴이 묘하게 변했다.

"너, 꽤 기구하게 살아왔구나?"

"그렇게 말할 정도로 오래 살지는 않았지만요."

"몇 살인데?"

"한국 나이로 여덟 살이에요."

김승연이 고개를 주억이며 중얼거렸다.

"아하, 왠지 키가 작더라니."

크리스는 왠지 모르게 김승연의 말에서 핀트가 조금씩 어긋나 있는 것 같다고 생각했다.

'취했나? 아니 그런 거 같지는 않고…….. 타인에게 관심이 없는 그런 부류인 모양이군.'

천상천하 유아독존에 자존심이 강한 김승연의 성격으로 보아, 그럴 만하다고 생각했다.

'하긴, 이런 성격이니 방송 관계자들이 찾지 않게 되는 것도 당연한 수순인가.'

자고로 방송국 놈들이란 자기들이 뭐라도 되는 양 자존심이 하늘을 찌르는 작자들이니, 김승연과는 물과 기름 같을 것이다.

김승연은 이어서 크리스가 들고 있는 바이올린 케이스를
보았다.

"그게 네 바이올린?"

"네."

"우리나라에는 달랑 그거 하나 들고 온 거고?"

"그런 셈이죠."

"흠, 자신의 재능만을 믿고 낯선 한국 땅에 발을 디디다니,
낭만이 넘치는걸. 어디, 연주 한번 해 볼래?"

바이올린은 그냥 천희수 차에 두고 올 걸 그랬군.

크리스가 떨떠름한 얼굴을 했다.

"주차장에서 희수 오빠가 기다리고 있어요."

김승연이 씩 웃으며 크리스를 보았다.

"좋아, 그러면 우리 집에서 들어 보면 되겠네."

이건 '라면 먹고 가라'는 관용구의 새로운 버전인 걸까.

만약 전생의 육체였다면 그 제안에 군말 없이 'OK'를 했겠
지만.

"싫다니까요."

"에이, 그러지 말고……. 맞아, 너, 미국에서 살다 와서 내
가 얼마나 대단한 건지 모르는 거 아니야?"

그렇게 실랑이를 하고 있으려니 윤아름이 다가왔다.

"어? 크리스 왔어?"

"네. 희수 오빠가 집까지 바래다준대요. 얼른 준비하세요."

"그래? 잘됐다."

윤아름이 김승연을 보며 투덜거렸다.

"승연 언니도 술을 마셨고 말이야."

김승연이 어깨를 으쓱였다.

"에이 엎어지면 코 닿을 곳이잖아?"

윤아름이 엄하게 말했다.

"그런 걸 조심해야 한다고요. 명색이 배우잖아요?"

결국 김승연은 못이기는 척하는 수 없이 윤아름의 말을 따랐다.

"알았어, 정말. 잔소리가 심하다니까."

"잘 생각했어요."

"참 나. 내가 잔소리꾼을 집에 들였다니까……."

마냥 안하무인인 줄로만 알았더니, 저런 이야기는 또 잘 듣는군.

김승연이 '아' 하고 손뼉을 치더니 말을 이었다.

"맞다, 아름이 너, 얘랑 친하지? 얘 우리 집에서 자고 가라고 설득 좀 해 봐."

나도 오늘 처음 만난 사이인데.

윤아름은 그 말을 속으로 삼키며 쓴웃음을 지었다.

"언니도 참, 아름이는 지금 백하윤 대표님 댁에서 지내는걸요."

"그러니까. 게다가 어차피 백 대표님 댁에서 지내는 거나 우리 집에서 지내는 거나 거기서 거기 아니야?"

아무래도 김승연이 크리스에게 '우리 집에 와라'고 말한 건, 1박을 의미하는 것이 아닌 모양이었다.

'이쯤 하니 김승연의 성향이 의심되는걸.'

딱히 레즈비언에 대한 편견은 없지만, 어린애한테 손을 대는 건 취향 이전에 범죄 아닌가?

"제가 싫어요."

크리스가 정색하며 말했다.

"또, 저는 백하윤 선생님 댁에서 계속 살 것도 아니고요. 이미 제가 살게 될 곳 근처 초등학교에 입학 수속도 밟고 있는 상황이에요."

크리스의 또박또박한 말씨에 김승연은 결국 두 손을 들었다.

"알았다, 알았어. 나 참."

김승연은 종이컵에 남은 술을 단박에 들이켜곤 벤치에서 일어섰다.

"야, 찬성아!"

그 부름에 걸레로 탁자를 닦던 찬성이 고개를 돌렸다.

"네, 누나!"

"받아."

김승연이 던진 차 열쇠가 포물선을 그리며 날아갔고, 찬성은 열쇠가 옥상 아래로 떨어질 새라 잽싸게 받았다.

"내 차는 회사에 두고 갈 테니까 열쇠 챙겨 놔."

"아, 네."

김승연이 크리스의 정수리에 손을 툭 얹었다.

"가자, 크리스. 아름이 너도."

이제야 '통역'이라는 것대신 이름을 불러 주는군.

크리스와 윤아름은 김승연을 따라 옥상을 나와 엘리베이터에 올라탔다.

방금 전까지만 하더라도 집요하게 들러붙던 김승연은 주차장에 도착할 때까지 생각에 잠긴 채 아무 말도 하지 않았고, 그들을 기다리던 천희수는 지하 주차장에 비치된 재떨이에 담배를 비벼 껐다.

"왔어요?"

왜 이렇게 늦었냐는 식의 말이 없는 걸로 보아, 김승연을 설득해 데리고 온 것만으로도 장하다고 생각하는 모양이었다.

'새끼, 이럴 줄 알면 지가 가든가.'

아니 오히려 그런 걸 잘 아니까 떠넘긴 거려나.

그 뒤로 크리스는 김승연이 차에서 연신 집적거릴 줄 알았는데 옥상 위에서 텐션은 어디로 갔는지, 그녀는 도착할 때까지 별다른 말없이 창밖을 멀거니 쳐다보기만 했다.

차에서 내린 김승연에게 천희수가 말했다.

"승연 씨, 내일은 정상적으로 픽업하러 갈 테니까, 늦지 말고 나오세요."

"알았어, 알았어."

그러고도 불안했는지 천희수가 윤아름에게 부탁했다.

"아름아, 부탁한다."

"네, 오빠."

"그럼 들어가."

"안녕히 가세요. 크리스도."

크리스는 웃는 얼굴로 손을 흔들어 주었다.

"네, 언니."

한편, 김승연은 뒤도 돌아보지 않은 채 아파트로 들어가 버렸다.

'혹시 삐졌나?'

천희수가 다시 기어를 바꿔 넣으며 크리스에게 물었다.

"백하윤 대표님 댁으로 가면 되겠지?"

"네."

천희수도 별말 않는 걸 보면, 원래 그런 성격인가 보다, 하고 생각했다.

'정말 갈피를 잡기 힘든 성격이군.'

가는 길에 심심하기도 해서, 크리스가 불쑥 물었다.

"저, 희수 오빠."

"왜?"

"김승연 씨, 혹시 아무나 집에 데려가서 자고 그래요?"

크리스는 여배우로서 사생활 관리를 해야 하지 않겠느냔

식의 뉘앙스를 담아 질문한 것이었지만, 어린애 입에서 그런 내용이 나올 거라고는 생각하지 않던 천희수는 크리스의 질문에 픽 웃었다.

"왜, 혹시 너한테 자고 가라고 했니?"

"네."

"크리스가 승연 씨 마음에 들었나 보네."

마음에 들면 집에 데려가서 재운단 의미인가?

천희수가 말을 이었다.

"아까 질문에 답하자면, 아니. 그런 일은 좀처럼 없을걸."

"그래요?"

"응, 내가 알기로도 지금까진 아름이랑 예은이가 유일해."

흠, 그 말을 들으니 공교롭게도 어째 (자신을 포함해서)죄다 땅꼬마 계집애들이라는 생각이 든다.

"게다가 아름이 말로는 집에 친구를 데리고 오는 일도 없고, 친구를 만나러 나가는 일도 없다더라고."

천희수가 쓴웃음을 지었다.

"의외로 외로움을 타는 성격인가 봐. 그치?"

"……."

그런 것치고는 사람 만나는 걸 좋아하지 않는 성격인 거같았다만.

'예스맨이 필요한 건가? 아니 나도 그랬고, 윤아름도 딱히 김승연에게 호락호락 넘어가는 성격은 아닐 텐데.'

전예은은 어떨지 모르겠지만, 보기보다 강단은 세 보였으니 전예은도 선을 넘는 부탁은 칼같이 거절할 것이다.

"그러면 스케줄이 없는 평소에는 뭘 한대요?"

"글쎄다……. 아름이 말로는 딱히 뭐 없이 빈둥거린대."

심지어 이렇다 할 취미도 없는 모양이었다.

"그 외에는 대본을 읽거나 아름이 연기 지도를 해 주거나 하는 게 전부라나 뭐라나."

천희수가 흠, 하고 추임새를 넣었다.

"뭐, 어쨌거나 우리한테는 고마운 일이지."

"……."

하긴, 소속사 입장엔 밖에 나가서 술 마시고 사고를 치는 것보다는 차라리 그 편이 나을 것이다.

'그 대신 윤아름을 재물로 바치긴 했지.'

뭐, 표현은 그렇게 했지만 윤아름도 김승연 밑에서 배울 게 전혀 없다고 생각했다면 당장 그 집을 뛰쳐나왔을 것이다.

'무엇보다 한성진(이성진) 그놈이 그쪽 관련해서 별말이 없다는 게 가장 큰 증거지.'

아무리 김승연이 이 시대에서 잘나가는 배우라고는 하나, 장래의 윤아름은 그보다 더 한 포텐셜을 가진 배우니까.

'그러니 딱히 김승연의 성적 지향성이 이렇고 저래서 꼬맹이들을 집에 들이는 건 아니란 의미일 터…….'

잠시 김승연에 대해 생각하던 크리스는 이내 어깨를 한 번 으쓱이곤 관심을 끊었다.

'뭐, 내 알 바는 아니지만.'

관련해서 걱정을 한다면 그건 이성진이 할 일이지, 자신이 오지랖을 부려 가며 신경 쓸 일은 아니라고 크리스는 생각했다.

'아니, 잠깐만.'

크리스는 생각을 고쳤다.

'전생과 달리 김승연이 흥하는 식으로, 오히려 일을 크게 벌여 준다면 나 역시도 그 변수에 몸을 숨길 수 있게 되는 건 아닐까?'

장여옥이 연말에 다시 한국을 방문하는 것도 거기에 김승연 같은—나름대로—거물이 끼어 있다면, '상대' 역시 그쪽으로 사고를 진행할 것이다.

그렇게 자신에게 이득이 되는 방향으로 사고를 전환했더니, 크리스는 이 일에도 조금 흥미가 동했다.

'시간이 나거든 조금 캐 봐야겠군.'

어디까지나 빈 시간이 생긴단 전제하의 일이지만 말이다.

크리스가 집으로 돌아오니 백하윤이 먼저 퇴근해 와 있었다.

"다녀왔습니다."

"어서 와요. 구경은 잘하고 왔어요?"

"네."

백하윤은 읽던 책을 덮고 앉아 있던 자리에서 슬쩍 옆으로 비켜 앉았다.

"그래, 장여옥 씨를 직접 만나 보니 어땠던가요?"

대화를 하자는 신호에 크리스가 백하윤의 옆자리에 앉으며 대답했다.

"좋은 분이었어요."

"후후, 크리스가 한국에 와서 소원을 하나 성취했네요."

그러고 보니 백하윤은 크리스가 장여옥의 열렬한 팬이라 인지하고 있었다.

'아무래도 상관없는 일이어서 깜빡할 뻔했군.'

크리스는 그런 설정에 맞춰 곧장 눈을 반짝 빛냈다.

"네, 선생님. 오늘은 제 부탁을 들어주셔서 감사했습니다."

"내가 고생한 것도 아닌걸요. 그러잖아도 희수 씨에게 크리스야말로 수고가 많았다고 들었어요. 중간에 끼어서 동시통역을 했다죠?"

자신의 일거수일투족은 이래저래 백하윤에게 보고가 이뤄졌던 모양이었다.

"어려운 일도 아니었는걸요. 덕분에 장여옥 씨랑 대화도 오래 나눌 수 있었고요."

백하윤이 빙그레 웃었다.

"네. 덕분에 예정에 없던 스케줄이 많이 생겼다고 들었어요. 이럴 줄 알았으면 저도 빈 시간을 내서라도 한번 가 보는 건데."

글쎄다.

'그랬다간 거기서 그대로 장여옥에게 입양을 당했을지도 모를 일인걸.'

백하윤이 크리스를 애지중지하는 것은 사실이지만, 백하윤은 그런 만큼 크리스가 더더욱 '좋은 환경'에서 양육될 수 있는 걸 바랄지도 모른다.

'아무래도 재벌가 식객이 되는 것보단 홍콩 스타에게 입양이 되는 편이 더 낫다고 여길 테니까.'

그러니 크리스는 장여옥이 자신을 홍콩에 데려가려 했다는 사실만은 감추기로 했다.

"저도요. 촬영 현장이 무척 즐거워서 선생님도 오셨으면 좋았을 텐데, 하는 생각이 들었거든요."

크리스가 지어낸 말에 백하윤은 빙그레 웃으며 크리스의 머리를 쓰다듬어 주었다.

"그래요. 크리스, 아름 양이랑도 좀 친해졌어요?"

"네. 아, 선생님. 아름 언니에게 영어 공부를 도와주기로 약속했는데, 종종 만나도 될까요?"

"그럼요. 말하는 걸 들으니 내가 생각한 것보다 더 친해진 모양이네."

"헤헤. 아름 언니뿐만 아니라 SBY 오빠들이나 승연 언니랑
도 친해졌어요."

사실 다른 이들과는 친해졌다고 할 정도는 아니지만, 조금
과장을 보태 말하자 백하윤이 눈을 동그랗게 떴다.

"승연 씨랑도요?"

"……아, 네."

"흐음."

백하윤은 잠깐 생각에 잠겼다가 고개를 끄덕였다.

"하긴, 환경이 비슷하다고 생각했을지도."

그 혼잣말에 크리스가 그게 무슨 뜻이냐고 물으려던 찰나,
백하윤이 어조를 고쳐 말을 이었다.

"그럼 크리스. 피곤할 텐데 씻고 일찍 자세요."

"네, 선생님."

크리스는 인사 후, 자신의 방으로 쪼르르 돌아갔다.

'착한 아이를 연기하는 것도 일이라니까.'

처음에는 스승과 제자, 그 이상의 선을 넘지 않으려던 백
하윤이었지만 크리스와 지낸 요 며칠간 정이 든 걸까.

요즘은 크리스로 하여금 이따금 조손, 혹은 모녀지간을 떠
올리게 하는 다정한 모습을 종종 보여 주고 있었다.

'뭐, 그것도 어디까지나 이 몸의 재능이 있기 때문이겠지
만.'

크리스는 냉소적으로 중얼거리며 주섬주섬 옷가지를 벗었다.

'그래도 어린애 몸이어서 그런지 피곤하기는 하군.'

오랜만에 어린아이의 육체로 활동하며 깨달은 것이 있다면, 애들 육체란 건 방전이 빠른 만큼 충전도 빠르다는 점이었다.

'씻고 오면 조금 체력이 충전되겠어.'

샤워를 마치고 돌아오니 백하윤은 거실에서 방으로 돌아갔는지 보이지 않았다.

'아마 백하윤이 거실에 있었던 건 나를 기다리느라 그랬던 모양이군.'

백하윤과 지내며 알게 된 건, 그녀는 공간을 협소하게 쓴다는 점이었다.

호텔 생활을 오래해서 그런 걸까, 모처럼 넓고 정갈한 집인데도 정작 백하윤의 실거주 공간은 대개 그녀의 방 바깥을 벗어나는 일이 잘 없었다.

'실제로도 집과 회사만 오가던 사람이니까. 그리고 보면 예나 지금이나 외로운 사람은 꽤 많은 모양이야.'

크리스가 젖은 머리를 수건으로 대충 닦아 내며 컴퓨터 앞에 앉았다.

'자, 그럼 나는 나대로 막간을 이용해 이런저런 작업을 해 볼까.'

크리스는 컴퓨터에 전원을 넣은 뒤 모니터를 보다가, 의자에 앉아 빙글빙글 돌다가, 이윽고 등받이에 기대어 천장을 올려다보았다.

'뭔 놈의 부팅이 이렇게 오래 걸리냐, 정말.'

그렇다고 '대기 모드'로 켜 두는 건 권장하지 않는다고 이번 생의 한성진에게 들었으니, 매번 부팅을 기다리며 하염없이 기다리는 것이 일과였다.

'쳇, 이럴 줄 알았으면 샤워하기 전에 켜 둘걸.'

그렇게 멀거니 천장을 올려다보고 있으려니 이런저런 상념이 들이닥쳤고, 크리스는 그중 하나를 붙잡아 생각했다.

'그나저나 나나 한성진(이성진)을 제외한 전생자의 가능성이라……'

한 번의 일이 두 번째 일어나는 가능성보다, 두 번 있는 일이 세 번째 일어나는 가능성이 더 높은 법.

크리스는 자신과 이성진을 제외한 전생자의 가능성을 떠올리는 중이었고, 일단 그 후보군에 최서연을 넣어 두었다.

'그리고 나나 한성진(이성진)이 기억하는 전생이 전생이란 보장도 없지.'

그러며 크리스가 떠올린 가능성 중 하나는 자신과 이성진이 기억하는 전생이 이 세계 기준으로 최소 전(前)전생, 혹은 그 이상에 해당하는 세계는 아닐까 하는 점이었다.

'여전히 영문 모를 일인 데다가 현상에 억지로 해석을 끼워 넣은 것이기는 하지만…… 이 가설을 적용하면 최서연의 이해할 수 없는 행동에도 그나마 납득할 지점이 생기지.'

즉, '그들(몇 명이 더 있을지 모르니, 크리스는 임의로 복수 취급하기로 했다)'은 이번 생에 들어 이성진이 하고 있는 일들과 그 흐름을 마치 이번 생의 크리스 자신과 이성진처럼 꿰고 있으며, 이성진이 해 온 모든 것이 그들의 계획 아래에 있을지 모른다고 생각한 것이다.

'그리고 최서연은 그중 하나인 거고.'

물론 최서연 본인이 전생자일 수도 있으나, 최서연을 '전생자'라고 단언할 일은 아니었다.

'단순히 전생자와 협력 관계……일 수도 있으니까.'

어쨌거나 최서연이 한 짓은 인간의 패턴을 알지 못하고선 행하기 힘든 일이었다.

만약, 크리스가 나서지 않아서 장여옥이 먹은 공식적인 정찬 메뉴에 '달걀요리'가 그대로 들어갔다면, 어떻게 되었을까.

짐작하기로는 그게 장여옥에게 유쾌한 일은 아니었을 것이며, 최서연은 그 마음에 생긴 균열의 틈을 비집고 가스라이팅을 시도했을 것이다.

'그 뒤 최서연은 장여옥에게 박강선을 소개해, 그녀로 하여금 박강선을 입양하도록 조종했을지 모르고.'

다만 이 모든 것은 그 사람의 행동 패턴을 알지 않고선 시도하기 어려운 일이다.

사람의 마음이란 건 종잡기 힘든 것이고, 이는 최서연의 계획과 달리 장여옥이 화를 내며 방송이고 뭐고 다 없던 일로 만들 수도 있는 리스크가 큰일이기도 했다.

'장여옥이 내게 한 것을 생각하면 별다른 일이 없어도 최서연의 생각대로 되었을 가능성이 높지만, 그것도 어디까지나 장여옥이 어떻게 움직일 거란 걸 알아야 가능한 일이지.'

그리고 최서연의 음모(라고 말할 정도로 거창한 일인지는 모르겠지만)는 크리스의 개입으로 무산되었다.

장여옥은 크리스와 만나기 전까지 그런대로 무난하게 스케줄을 마쳤고, 아마도 '예정에 없던' 크리스를 만나면서 그녀 안의 무언가가 변했다.

'그들 입장에는 다 된 죽에 코 빠트린 격이 되고 말았겠지.'

그렇다고 이 가설을 이성진과 상의할 생각은 들지 않았다.

'어차피 한성진(이성진) 그놈도 내게 모든 걸 말하지는 않았어. 놈도 내게 뭔가 숨기는 게 있거든.'

그렇게 따지면 본인이 전생에 이성진이었단 걸 밝히지 않은 크리스가 먼저겠지만, 크리스는 그런 일까지는 신경 쓰지 않았다.

'또, 어쩌면 그 또 다른 전생자가 이성진 근처에 있을지도 모르니까. 아니 아마 높은 확률로 그 주변에 사람을 심어 두었을 거야.'

그러니 상대가 계획의 변수가 된 크리스의 존재를 파악하지 못한 채라면, 크리스 자신도 그 상황을 이용하는 것이 더 안전할 것이다.

'뭐, 이 모든 게 내 망상에 불과한 억측일지도 모르지만…….'

크리스가 코웃음을 쳤다.

'어쨌거나 가뜩이나 돈도 없고 빽도 없는 내 처지에 다 만사 불여튼튼 아니겠어?'

그사이 컴퓨터 부팅이 끝났고, 크리스는 자세를 바로하며 책상 앞에 앉았다.

'자, 그럼 이제부터 해야 할 건 두 가지.'

하나는 이성진이 이번 생에 와서 저질러 놓은 일들을 알아보는 것.

'굵직굵직한 사건 몇 가지의 큰 틀은 나도 알고 있지만, 박상대의 사생아가 한국에 있었다는 것처럼 세부적인 것까지는 나도 몰랐으니까.'

박강선이 한국에 온 건 언제였을까.

그리고 박강선과 그 모친이 한국에 온 것과 박상대의 죽음 사이에는 무슨 연관이 있는 것일까.

또, 그들 입장에 어디까지가 변수이고, 어디까지가 예정대로일까.

'……사실, 한성진(이성진)이 박상대를 실각시키려 한 것 자체는 나쁘지 않았어. 설사 놈들이 전생에 나를 죽인 진범은 아닐지라도 그놈들은 두고두고 걸림돌로 작용할 예정이었으

니까.'

하지만 그렇다고 이성진도 박상대의 '죽음'까지는 의도하지 않았을 것이다.

정치인으로서 박상대의 삶이 끝나는 것과 그가 실제로 사망하는 것 사이에는 크나큰 간극이 있다.

'만약 지금도 박상대가 살아 있었다면, 조설훈의 사망까지 일이 번지지 않았을지도 모르고……. 그렇게 되면 어떤 의미에선 한성진(이성진)에게도—지금과는 비교할 수 없겠지만—나름대로의 이익은 돌아가거든.'

그야 조설훈의 입장 변화에 대해 떠올린 건 어디까지나 억측의 영역에 머물러 있을 뿐이지만, 보다 명확한 것으론 박상대의 약혼자였던 최서연의 입장에 가장 큰 변화가 있었을 것이란 점이다.

'어떤 의미에선 박상대가 영원히 침묵한 덕분에 그쪽과 사돈을 맺고자 했던 최갑철 쪽의 치부도 덮이고 말았지, 그러니 최서연 입장에선 박상대의 죽음이 꽤나 기꺼웠을 거야.'

하지만 그렇다고 박상대를 계획살인 한 느낌은 없었다.

'저번에 알아보니 박상대를 살해한 범인은 도박 빚에 시달리던 택시 기사였어. 그 자체는 우연이겠지. 뭐, 설령 우연이라도 그들에게는 그 어처구니없는 죽음이 예정조화대로의 일일 수도 있겠지만…….'

그게 아니더라도 박상대는 어떤 식으로든 사망했을지 모

른다.

'당시 박상대는 수중에 거금을 들고서 어디론가 향하고 있었던 모양이야. 만약 그때 박상대가 출국을 했다면 그를 없애기는 더 쉬워지지.'

박상대는 동시에 조설훈의 약점도 쥐고 있었을 테니, 굳이 '그들'이나 최서연이 나서지 않더라도 박상대는 추후 조설훈이 보낸 원치 않는 선물을 받게 되었으리라.

'그러니 박상대의 죽음이 그들에게 확정 사안이라고 한다면, 지금 조광이 처한 혼란도 예정대로의 일이었을까?'

조세광 측은 '자기방위에 의한 우발적 살인'이라는 식으로 변호를 하는 모양이었다.

그 말이 사실이라면 조세광의 구속도 변수라면 변수일 가능성이 높다.

'조세광 그 새끼가 아무리 개차반 망나니라고는 해도 최소한의 선은 지킬 줄 아는 놈이야. 그보단 사람을 죽였을 때 따라올 리스크를 고려할 줄 아는 놈이라는 게 좀 더 정확하겠지만.'

다른 의문이라면 조세광과 조지훈의 사망 사건이 있다.

'한성진(이성진) 그놈에게 대강 듣기는 했지만, 뭔가 내가 모르는 것, 놈이 내게 말하지 않은 것이 더 있을 거 같단 말이지.'

마우스를 딸깍딸깍 누르며 인터넷 신문을 확인하던 크리스는 흠, 하고 한숨을 내쉬었다

'생각난 김에 검색해 봤지만 별 영양가는 없군. 레버리지가 부족하면 수익도 주는 법이라고, 이 시대 인터넷 인구수로는 얻어 걸릴 유의미한 정보도 손에 꼽을 수밖에 없겠어.'

결국 지금 인터넷을 뒤져 나오는 건, 그녀가 이미 알고 있는 걸 재확인했을 뿐이었다.

'잠시 다른 일을 해야겠군. 내가 할 다른 일 하나는 나를 대신해 움직여 줄 유령인간을 만드는 것이지.'

그것도 꽤나 거물을 하나 만들 생각이었다.

'나처럼 큰 인물은 큰물에서 놀아야 하는 법이거든.'

부산의 어느 낙지전골 집 앞이었다.

"김강철 형사님이십니까?"

주위를 두리번거리던 김강철은 고개를 돌려 자신에게 말을 건넨 사내를 보았다.

담벼락에 기대 있던 남자가 다가와 말을 이었다.

"정진건입니다."

아, 이 사람이……

"예. '처음 뵙겠습니다.' 김강철 형사입니다."

김강철의 농담에 정진건은 픽 웃고 말았다.

그간 전화로 이야기를 주고받아 오긴 했으나, 직접 대면하는 건 이번이 처음이었으니, '처음 뵙겠습니다.' 하고 인사를 한 건 그가 미리 준비해 온 농담이리라.

"아, 이쪽은 제 동료인 박순길 형사라고 합니다."

박순길이 씩 웃으며 김강철에게 손을 내밀었다.

"목포 출신 박순길 형사요잉. 말씀은 많이 들었습니다."

"예, 반갑습니다."

정진건이야 그렇다 쳐도 박순길은 정말로 초면이었던 김강철은 다소 사무적으로 인사를 받았고, 박순길은 그런 김강철의 태도가 조금 서운한지 어조를 고쳐 말을 이었다.

"김 형사님, 혹시 나이가?"

"서른넷입니다."

"……아따, 동안이시구마잉. 그러면 경찰에 몸 담으신 지는……."

부서 내 팀장급을 바라보고 있던 김강철은 일한 햇수도 꽤 되었다.

결국 나이로나 짬밥으로나 김강철에게 밀린다는 걸 알게 된 박순길은 조금 떨떠름한 얼굴이 되었지만, 이내 능청스런 얼굴이 되어 말했다.

"아, 그라믄 여서 '행님'이라고 불러도 되겠습니까?"

"뭐……. 상관은 없습니다만."

"그라믄 행님. 동상한테 말씀 낮추이소."

박순길은 부산 사투리까지 흉내 내며 넉살 좋게 웃었다.

동기며 경위야 어쨌건 사람과 금방 친해질 수 있는 것도 재능이라면 재능이리라.

김강철이 씩 웃으며 정진건을 보았다.

"아, 그러면 이 기회에 정진건 형사님도 말씀을 놓으시지예. 저랑 알게 된 지 좀 오래됐다 아입니까?"

김강철의 제안에 정진건이 쓴웃음을 지으며 고개를 끄덕였다.

"그러지, 그럼."

"하하, 형사님이랑 안 지 꽤 됐는데 인자 호칭 정리가 좀 끝난 거 같구만요. 하모, 행님. 앞으로도 잘 부탁드리겠습니다."

그렇게 가장 연장자인 정진건이 큰형님, 김강철이 둘째, 박순길은 자연스럽게 막내가 되었다.

통성명이 끝나자마자 김강철이 그들 뒤편의 식당을 힐끗 쳐다보았다.

"아, 여기서 이럴 게 아니라 들어가서 이야기하시죠. 아까 행님 전화 받고 뭘 대접해 드리면 좋을까, 한참 생각하다가 퍼뜩 떠올렸습니더."

"뭘, 그럴 것까지야."

"아이고 마, 됐심더. 두 분 다 먼 길 오셨는데 이 정도는 해야 도리지예."

그게 아니라 그냥 활동비로 청구해도 되는데.

하지만—중간중간 박순길과 교대를 하기는 했어도—장시

간 운전으로 피곤했던 정진건은 괜한 실랑이를 하고 싶지 않았기에 그냥 고개를 끄덕였다.

로마에 오면 로마법을 따르랬다고, 부산 스타일이 그런 것이라면 받아들여야지.

낙지전골 전문점이어서 그런 걸까, 가게 문을 열자마자 해산물과 양념이 뒤섞인 냄새가 훅하고 풍겼다.

김강철이 가게 문을 열고 들어서며 곧장 목소리를 높였다.

"이모, 여기 낙곱새 세 개 주이소."

"예."

자리를 잡고, 김강철이 물수건으로 목덜미를 훑으며 입을 뗐다.

"이 집, 이 동네에선 꽤 유명합니더."

"그래?"

"예. 범일동이 원조이기는 한데, 여기도 나쁘지 않거든요. 어떤 의미에선 원조보다 낫고요."

김강철이 메뉴판을 힐끗 쳐다보았다.

"옛날에 범일동이라카는 동네에 조선방직 공장이 있었습니더. 그가 거서 요 조방 낙지란 것이 탄생한 거라예."

아무래도 상관없는 이야기에 박순길이 맞장구를 쳤다.

"아, 조선방직공장을 줄여서 '조방'이 됐단 거인교?"

"그라제. 동상이 똑똑하구먼."

"아따, 헹님, 전라도 사투리는 그런 리듬이 아니어라. '그라제잉' 요로코롬 해야 가서 어디 가서 탁주라도 얻어먹는교."

"거 한 수 배웠네."

그렇게 아무래도 상관없는 이야기를 이어 가고 있었지만, 각각은 생각하는 바가 다 달랐다.

불과 몇 시간 전 정진건이 '부산에 왔으니 만나자'는 이야기를 들은 김강철은 서울에서 여기까지 몸소 왕래한 그들의 목적과 자신이 몸담고 있는 위장 업무를 이들과 공유해야 할지, 아니면 감춰야 할지 고민 중이었다.

'일단은 함구하란 식의 이야기가 나왔는데……. 실제로도 비밀 임무고.'

한편 김강철이 몸담고 있던 경찰 조직에 대대적인 인사 개편이 있었다고 들었던 정진건은 그—초면이기는 하나—아무렇지 않아 보이는 모습을 보며 그게 허세인지, 아니면 '정말로 괜찮은 건지' 파악하려 애를 쓰고 있었다.

'사실상 오늘이 초면이나 다름없는 사이니까.'

박순길은 박순길대로, 낯선 땅에 발을 들이고부터 '어떤 냄새'가 나지는 않는지 촉각을 곤두세우고 있었다.

'……근디 여가 암만 저쪽 나와바리라도 그렇제, 정 형사님도 너무 신중하신 건 아닌가 몰러. 그나저나 낙곱새가 뭐시여? 낙지, 곱창, 새우를 섞어 먹으면 맛이 있나?'

그때 반찬을 가지고 온 점원이 김강철을 보자마자 살갑게 말을 건네며 알은체를 했다.

"하이고, 이게 누꼬?"

김강철이 웃으며 인사했다.

"예, 이모님. 오랜만입니더."

"그래 참말로 오랜만이네. 아까 목소리가 낯이 익다 싶드만. 아직 살아 있었나?"

"하하, 예."

점원이 맞은편에 앉은 정진건과 박순길을 힐끗 보았다.

"형사님들인가?"

정진건과 박순길이 고개를 꾸벅 숙였고 김강철이 대답했다.

"예. 서울서 오신 분들입니다."

"서울? 먼 데서 오셨네."

"예. 그러니까 이모님, 맛있게 잘 해 주이소."

"맽기 놔라. 내 주방에 말해가 건더기 팍팍 담아 주꾸마."

"감사합니다."

"뭘. 그럼 좀만 기다리소."

점원이 떠나고, 정진건이 툭하고 물었다.

"자네, 이 집 단골인가?"

"하하, 예. 몇 년 전에 이 근처에 발령받아가 일한 적이 있어서예."

김강철이 말을 이었다.

"아까 이야기를 들으니까 마침 근처다 싶어가 여기로 모셨습니더."

"아, 그래서 이 동네를 잘 아는 거였군."

"예. 아 참, 그리고 보니 숙소는 어떻게, 잡아 두셨습니꺼?"

"아니 아직. 근처 모텔을 찾아 봐야지."

"잘됐심더. 이 동네에 깨끗하고 좋은 모텔이 있거든예. 거 사장님하고 아는 사이이니까 제가 말씀 함 드려 보겠습니더."

"그래 준다니 고맙네."

"하하하, 하모 먼 길 오신 손님께 다른 건 못 해 드리도 이 정도는 해야지예."

그 아무래도 상관없는 이야기의 흐름에서 정진건은 슬쩍 의도를 담아 물었다.

"그나저나 자네, 요즘은 어디에 있나?"

김강철은 움찔했다가 실실 웃으며 대답했다.

"뭐어, 똑같습니더."

"그래? 그러면 여전히 그 부서인가?"

"자리는 옮겼지예. 깡패 새끼들한테 그런 일을 당했으니 윗선에서도 좀 본보기는 있어야 하는 모양이어서."

"내가 괜한 걸 물은 모양인데."

"아닙니다. 신경 쓰지 마십쇼. 그럭저럭 잘 지내고 있으니 말입니다, 하하하."

던졌으니, 받을 차례였다.

"근데 행님은 부산까지 어쩐 일입니꺼?"

의도가 노골적이라고 생각했는지 김강철이 얼른 덧붙였다.

"미리 연락을 주셨으믄 부산 풀코스로다가 대접을 해 드렸을 텐데 싶어서 말입니더."

부산 풀코스가 뭔지는 모르겠지만, 정진건은 그걸 묻는 대신 일부러 조금 사무적으로 말을 받았다.

"그야, 일이지."

"……."

대화 소리는 가게 소음에 적당히 묻혀서, 나누는 이야기가 다른 테이블로 옮겨 갈 걱정은 하지 않아도 좋았다.

"솔직히 말하면 신진물산 쪽 수사는 난항을 겪고 있다네. 죽을 쑤고 있다고 말해도 과언이 아니겠군. 우리가 부산에 온 것도 뭔가 건질 게 있지는 않을까 싶어서 온 거고."

"……그렇습니꺼."

"음. 혹시 관련해서 자네가 추가로 알아낸 사실이 있다면 정보 공유를 할 수 있을까 싶어서."

끙.

'이거 사실대로 말할 수도 없고…….'

'추가 정보'야 발에 채이도록 생겨 있지만, 그렇다고 이 안기부까지 개입한 비밀 임무를 누설할 수도 없었다.

'정 형사한테 도움 받은 것도 마이 있는데, 이대로 입 싹 닦아 뺄 수도 없고.'

난처한 기분이 된 김강철은 괜스레 스테인레스 컵에 따라 놓은 찬물만 벌컥벌컥 들이켰다.

　'……그렇긴 해도 나 역시 그들이 무슨 꿍꿍이인지는 애매하단 말이야.'

　아니면 이렇게 된 거, 최소한 석동출에 대한 내용이라도…….

　「제가 여기 있는 건 가족에게도 알리지 않았습니다. 말이 나온 김에 김강철 형사님께서도 제가 여기 있는 걸 외부에 발설하지 말아 주셨으면 합니다.」

　'돌겠네, 이거. 석동출 씨도 내한테 그래 신신당부하믄서 말했으니…….'

　김강철이 컵을 내려놓으며 마지못해 답했다.

　"예에, 뭐, 제가 도와드릴 수 있는 일이라면……."

　김강철의 안색을 살피던 정진건이 물었다.

　"이후로 물건은 어떻게, 여전히 돌고 있나?"

　그 질문이라면 김강철도 '공식적'으로 대답할 수 있었다.

　"아뇨. 간간히 팔다 남은 물건이 하나둘 돌아 댕기는 거 말고는 싸그리 없어졌습니더."

　"흠, 그러면 사실상 광남파는 부산에서 자취를 싹 감춘 셈이군."

"그런 느낌입니다."

"그랬군."

정진건이 말끝을 흐리며 김강철을 보았다.

"그쪽 관계자라도 잡아들일 수 있으면 우리 쪽 일에도 도움이 될 텐데⋯⋯."

"그러게 말입니다."

말하며 김강철은 속이 조금 뜨끔했다.

그도 그럴 것이, 김강철은 이미 '오명태'라고 하는 전직 광남파 출신 관계자와 연락을 주고받는 사이였으니까.

정진건이 물었다.

"그러고 보니 저번에 자네가 창원에 있는 어느 물류공장에서 화재가 있다고 하지 않았나?"

"그랬지요."

"음, 공교롭게도 '그 일'이 있었던 날이었지, 아마."

정진건이 말한 '그 일'이라는 건, 마약 밀매 상황이라고 생각해 현장을 급습한 부산 경찰 측이 대대적으로 쪽을 쓴 날의 일이었다.

언론에 보도가 되는 건 막았지만, 경찰 관계자라면 다들 알고 있는 이야기이기도 했다.

"예에⋯⋯."

쓴웃음을 짓는 김강철에게 정진건이 말했다.

"우리는 지금 거기가 혹시 광남파의 아지트 같은 곳은 아니었을까, 하고 생각 중이네."

"예?"

"최근에 조사를 좀 해 봤지. 알아보니 그쪽에 가입된 손실 보험이 전무하더군."

"……."

"보통은 물류 손실을 대비한 보험을 들어 두는 것이 상식인데 말이야. 그래서 혹시 거기에 '알려져선 안 되는' 물건을 보관하고 있었던 거라면……."

점원이 오는 걸 본 정진건이 입을 다물었다.

점원은 낙지전골을 냄비에 담아 가지고 와서 가스버너 위에 올려놓고 불을 켰다.

"뚜껑 열지 말고, 이따 끓으면 잘 저어가 드이소."

"예."

"뭐, 우리 형사님이 어련히 잘하시겠지만."

점원이 돌아가고 그들 사이에 잠시간 다소 어색한 침묵이 맴돌았다.

침묵을 깬 건 박순길의 능청스런 대사였다.

"주방에서 익혀 오는 게 아니네요잉?"

"아, 그렇지. 끓여 가면서 먹는 건데……. 거기서는 낙지를 어떻게 먹나?"

"목포에도 연포탕이라고, 두부에 미나리에 조개, 낙지를 끓여 먹는 거는 있지마는 이렇게 양념이 시뻘건 음식은 아니어라."

"그래? 그것도 궁금하구먼."

"언제 목포로 함 오쇼잉. 나가 아는 가게에 잘 말해서리 거하게 한 상 차려 드릴 텡께."

"하하, 그게 언제가 될지는 모르지만…… 기대하지."

그사이 점원이 다시 다가와 양푼이 그릇에 담은 쌀밥과 콩나물 국 등을 가져와 상에 놓았다.

"이모, 인자 먹어도 돼요?"

박순길의 질문에 점원이 씩 웃으며 전라도 사투리를 흉내 내 대답했다.

"아따, 좀 더 끓여 드쇼잉."

"어라, 이모님 전라도에서 오셨어라?"

"부산 토박이여. 근데 서울서 오신 양반 아니었남?"

"그야 목포서 그짝으로 발령을 받았응께, 엄밀히 말하믄 서울 사람 아니겠능교?

"에이그, 말이나 못하면."

점원이 물러갔고, 정진건이 더 캐볼 정보가 없는지 김강철에게 말을 건네려고 할 때.

툭.

탁자 아래서 박순길이 정진건의 무릎을 툭하고 건드렸다.

다른 이도 아니고, 동물적 감각이 남보다 월등한 박순길의 신호였다.

'흠, 모르긴 몰라도 일단 상황을 두고 보잔 의미인가?'

그 육감에는 저번부터 많은 도움을 받았던 터, 정진건은 그 신호에 맞춰 웃으며 입을 뗐다.

"몇 시간 전 휴게소에서 우동을 먹은 게 전부여서 그런지, 나도 퍽 기대가 되는군."

"하하, 기다린 보람이 있을 겁니다."

그렇게 정진건과 박순길은 김강철과 '아무래도 상관없는 이야기'를 주고받으며 낙지전골을 즐겼다.

2장

　김강철은 식당에서 약속한 대로 두 사람에게 인근 모텔을 소개해 주었다.

　다만 모텔에는 트윈베드를 갖춘 방이 없어서, 정진건은 자신은 바닥에서 자면 된다는 박순길을 말리며 방을 두 개 잡았다.

　김강철과 잘 아는 사이로 보이는 모텔 주인은 방 한 개 값만 받겠다고 했지만 그럴 수는 없는 일, 정진건은 기어코 제값을 치러 모텔비를 계산했다.

　아마 모텔 주인이 좋은 방을 빼 준 것도 있겠지만, 김강철이 호언장담한 대로 모텔은 꽤 아늑했다.

　"아, 정 형사님."

방을 확인하는 정진건에게 박순길이 슬쩍 말을 붙였다.

"한 20분쯤 있다가 형사님 방으로 찾아뵙겠습니다."

그러잖아도 박순길과 할 이야기가 많았던 정진건은 고개를 끄덕였다.

"그러지."

"예, 나중에 뵙겠습니다."

그사이 정진건은 샤워를 마치고 옷을 갈아입은 뒤, 아내와 딸들에게 무사히 도착했다는 안부 전화까지 마쳤다.

똑똑.

'딱 20분이 지났군.'

제시간에 맞춰 들려온 노크 소리에 정진건이 문을 열어 주자 박순길이 인근 점포에서 사 온 캔 맥주며 간단한 안줏거리가 든 비닐봉지를 들어 보였다.

"딱 맞춰 왔지요?"

"음. 들어오게."

두 사람은 바닥에 앉아 캔맥주로 건배를 했다.

"크, 몸에 스미는구만요. 거기서 쐬주 한잔하는 거 참느라 힘들었습니다. 낙지전골이란 거, 먹어 보니 딱 술안주더구만."

"마시지 그랬나?"

"아이고, 정 형사님도 참. 그 자리에서 지가 어떻게 그럽니까. 다음에 기회가 오겠지요."

그걸 대신하듯 오징어포를 질겅질겅 씹는 박순길을 보며

정진건이 물었다.

"그나저나 자네가 따로 시간을 내자고 했다는 건, 내게 할 이야기가 있는 거겠지?"

"예."

박순길이 대답했다.

"우선은 정 형사님, 김강철 형사를 어떻게 보시능교?"

꽤 단도직입적이었다.

"일단 나쁜 사람은 아닌 거 같더군."

"지도 그렇게 생각합니다."

박순길이 얼굴에 드리운 미소를 조금 거두며 말을 이었다.

"다만…… 뭔가 감추는 건 있어 보이지 않습니까?"

"감추고 있다?"

"예에. 느낌이기는 한데요, 아까 식당에서 말입니다."

맥주를 한 모금 홀짝인 박순길이 맥주 캔을 바닥에 놓았다.

"어째, 고런 일이 있었는데도 김 형사는 아무렇지도 않았을까요잉?"

"아무렇지도 않다니."

"우선 창원 물류 창고 화재부터 보면 말입니다."

박순길은 김강철이 밀가루 사건과 같은 시간에 있었던 창원 물류 창고 화재에 대해 어물쩍 넘기려는 듯한 느낌을 받았다고 했다.

"분명, 거기서 탄피가 발견됐다고 전한 건 김 형사님이지라?"

"음."

"그라믄 말이지요잉, 김강철 형사도 그짝 조사는 해 볼 만큼 해 부러야 쓰지 않겠습니까? 근데 어째, 제가 보기에 김 형사는 우리 정 형사님께 보험 이야기를 듣고는 아차 싶은 얼굴이 된 거 같드라고잉."

"……그런 느낌은 못 받았는데."

"고거이 중요한 겁니다."

박순길이 히죽 웃었다.

"만약에 참말로 관심이 있으믄 지가 일부러 똥딴지같은 소리를 하더라도 고걸 끊어서라도 이야기를 계속해 나가야 인지상정 아니겠소잉. 하지만 김 형사는 그러지도 않구 제 쓸데없는 이야기에 맞장구나 쳤다 아닝교."

"……."

그래서 일부러 쓸데없는 이야기를 풀어놓으며 김강철을 떠본 것이었구나, 하고 정진건은 속으로 수긍했다.

"그라고 말이지라, 고런 일이 있었는데 아무런 일도 없었을 리가 없지 않겠습니까?"

"그런 일이라면…… 예의 밀가루 말이지?"

"예. 뭐, 부산 쪽에서는 어떤지 모르지만서두, 보통 그런 식으로 경찰이 물을 묵고 나믄 다들 눈에 불을 켜고 깡패 놈들한테서 없는 죄라도 만들어가 탈탈 털어 버리지 않겠습니까?"

그 말대로다.

털어서 먼지 안 나오는 사람이 없는 마당에 경찰이 조폭들을 털기로 작정한다면 몇 달간 창고에서 묵은 이불처럼 해묵은 먼지가 풀풀 날려 댔을 것이다.

그러니 조폭들이 경찰에게 설설 기는 건 지은 죄가 켜켜이 쌓인 것도 있지만, 괜히 경찰들 눈 밖에 났다가 미운털이 박혀 다른 동료들에게까지 누를 끼치지 않으려는 것도 있는 것이다.

"지도 어디까지나 여기저기서 주워들은 게 전부라 그걸 갖고서 하는 말입니다만, 김강철 형사님두 그전까지는 아주 '열정적인' 경찰이라고 하지 않았습니까? 또 진환이한테 들으니까네 부산 경찰 쪽에서도 대대적인 물갈이가 있었다고 들었는데요잉."

"음."

"그렇게 본다면 어째, 이상하지 않응교? 그런데 특히 그……. 거시기, 뭐시냐, 광남파에서 왔다던……."

"오명태?"

"아, 예. 그 친구. 오명태란 인간에 대해서는 특히나 눈에 불을 켜고 감시를 하는 것이 일반적이지라. 그런데 그런 이야기도 도통 들려오질 않구……."

말끝을 흐린 박순길은 곰곰이 생각에 잠겼다가 무슨 생각에 미쳤는지 눈을 동그랗게 떴다.

"어라, 이거 어쩌면……."

"뭔가?"

"으으음."

박순길은 맥주를 벌컥벌컥 들이켜곤 손바닥으로 입을 훔쳤다.

"쓥, 방금 전에 문득 든 생각이어라. 어쩌면 말이지요잉……."

박순길은 다시 말끝을 흐리곤 고개를 저었다.

"그전에 우선은 요 이야기부터 해야 쓰겄습니다. 진환이한테도 한 말인데요잉, 지는 문득 오 뭐시기란 양반이 고로코롬 나온 것이 일부러 그런 거라면 우짜스까잉, 하는 생각이 들더구만요."

"일부러 경찰에게 물을 먹였다?"

"예에. 요건 어디까지나 가설에 추측을 더한 것이니 너무 진지하게 듣지는 마시고."

박순길이 말을 이었다.

"만약에 오명태가 광남파를 배신하고 부산 조폭들 편에 붙은 기라믄, 어떻습니까?"

"……오명태가?"

"예. 그리고 오명태는 거기서 일종의 양동작전을 펼쳐가 그사이 다른 부산 조폭들로 하여금 즈그 아지트를 털도록 했다면요?"

즉, 박순길의 말은 화재가 났던 창원 물류 공장이 광남파의 본거지였다는 전제하에, 부산에서 있었던 밀가루 거래 현장은 어디까지나 눈속임에 불과했고 행동대원들은 아지트를 급습, 광남파 본거지를 탈탈 털어 버린 것이 아니냐는 의미였다.

"……나도 그 생각은 했네만 그렇게 생각하면 일 처리가 너무 깔끔하지 않나, 하는 생각이 들더군."

"뭐어, 그렇기는 합니다만."

박순길이 머리를 긁적였다.

"고롷게 생각하지 않으믄 오명태가 부산에서 난장을 피운 일이 설명이 안 돼서 그랍니다. 그러니 이건 어디까지나 그럴지도 모른다, 하는 선에서 생각해 주쇼잉."

"……그러지. 아무튼 그래서?"

"예. 그렇게 본다면 말이지라, 부산 조폭들 내부에서도 내분이 있을 거라고 생각해서 말입니다."

"내분이라……."

"예에. 어쨌거나 광남파가 거래하는 약은 부산 깡패 새끼들 입장에도 아주 먹음직스런 상품이 아니겠습니까? 또, 다른 한편으로는 그걸 반대하는 쪽도 있을 것이고……."

비록 생략했지만, 마약 거래에 반대하는 측은 부산 조폭들 중에서도 자리를 집고 있는 놈들일 것이다.

"해서, 부산 경찰들이 잡아들인 애들 중에는 이게 무슨 일이고, 하면서 잡혀갔던 놈들도 있는 반면에 계획대로 돌아간다면서 웃는 놈들도 있었을 거라 이겁니다."

"……생각해 봄 직한 가설이군."

"그렇지요?"

박순길은 한 건 했다는 듯 배시시 웃으며 맥주를 홀짝였고 정진건이 그런 박순길을 보며 물었다.

"그나저나 아까 하려다 만 말은 뭔가?"

박순길이 움찔하며 맥주 캔을 내려놓았다.

"아, 그게 말이지라……."

신이 나서 가설을 늘어놓던 박순길은 그답지 않게 주저하며 조심스럽게 말을 이었다.

"혹시 어쩌면 이 일은 그짝에서 다 알아서 진행 중인 사안이 아닌가 해서 말이어라."

"그짝…… 그쪽이라면 혹시 부산 경찰 말인가?"

"예에."

박순길이 머리를 긁적였다.

"낚시를 할 때도 보면 잡은 새끼는 일부러 놓아주지 않습니까? 그러니 어쩌면, 김강철 형사님도 오명태의 신원은 이미 잘 알고 있는 상황에 오명태를 이용해서 더 큰 고기를 잡으려는 것은 아닌가……하고요."

"……."

"추가로 생각해 보면 거시기, 마동철이랑도 이미 접선을 마친 상황일지도……모르고 말이지라."

박순길은 말하고도 민망한지 멋쩍게 웃으며 내려놓은 캔 맥주를 입안에 탈탈 털어 넣었다가, 맥주 캔을 새로 땄다.

"뭐, 어디까지나 방금 떠올린 생각입니다, 하하하."

"……."

이 일에 적잖은 세월을 몸담고 있는 정진건은 경찰이란 여느 공무원 집단과 마찬가지로 경직된 조직이란 걸 잘 알고 있었다.

자고로 공무원들이란 보통 리스크를 감수해가며 일 처리를 하지 않는데, 이는 그들의 열정과 무관하게 자신이 그 책임을 오롯이 감수할 수 없는 위치이기 때문이다.

그건 부산 경찰들이라고 해서 다르지 않을 것이고, 박순길이 자신이 생각한 바를 섣불리 입 밖에 꺼내지 않으려 한 것도 그 역시 그런, 자신이 몸담고 있는 조직의 성격을 잘 알고 있기 때문일 것이다.

'그러니 이번만큼은 나도 그 가설을 조잡하다고 느낀 것이겠지.'

더군다나 '더 큰 고기'를 잡기 위해서 잡은 물고기를 풀어주는 건, 그런 경찰의 신념에 썩 어울리지 않는 일이기도 했다.

설령 잡범이라 할지라도 범죄자, 특히 이번 일은 아무리 그놈이 그놈이리지만 광남파 아지트에 '방화'까지 저지른 데다가 어쩌면 사람이 죽었을지도 모를 일이었다(여기에 추가로, 이 일이 부산 조폭들의 내분이라고 한다면 그 일로 죽은 사람은 비단 광남파 조직원에 그치지만은 않을지도 모른다).

하지만 박순길의 가설대로라면 김강철의—박순길의 견해이지만—의심스럽던 행동거지에도 납득이 가는 점이 있었다.

방금은 '그들의 열정과 무관하게' 운운하기는 했지만 어느 조직이건 결국 사람이 하는 일이고, 김강철 형사라면 왠지 배지를 반납해 가면서까지 이 일에 매진하지 않을까, 하는 생각이 든 것이다.

'오늘이 초면이기는 했지만, 전화로 듣던 느낌 그대로란 인상이었고.'

박순길 역시도 그에 대해 '나쁜 사람은 아닌 것 같다'는 정진건의 말에 맞장구를 쳤으니, 그가 조폭들과 사적으로 결탁했을 거라는 생각은 하지 않았으리라.

'즉, 결과적으로 남은 건 알고서도 일부러 내버려 두고 방관하고 있다는 박순길 형사의 가설만이 남지.'

그래도 그렇지, 경찰처럼 경직된 공무원 조직이 그런 일을 할 수가 있을까?

'서장 선에서도 선뜻 책임지고 진행하기 어려운 일인데……. 아.'

거기서 정진건은 문득 어떤 생각에 미쳤다.

"……안기부?"

정진건의 중얼거림에 떨떠름한 얼굴로 맥주를 홀짝이던 박순길이 눈을 가늘게 떴다.

"예?"

"혹시 이 일에 안기부가 개입해 있는 거라면?"

경직된 조직, 이라고 했지만 이는 바꿔 말해 '다른 누군가' 가 대신해서 책임을 진다면 두말할 것도 없이 박차를 가할 수 있는 곳이란 의미이기도 하다.

물론 엄밀히 말해 안기부가 경찰의 상위 기관인 것도, 안 기부가 경찰에 일방적으로 명령을 내릴 수 있는 기관인 것도 아니다.

하지만 그건 어디까지나 '공식적'으로는 그렇다는 말일 뿐 이고 실제로는 별개 기관임에도 검사가 경찰을 부하처럼 부 리듯(물론 김보성이나 박강호 검사는 그러지 않지만), 어디에선가는 안 기부가 경찰에 상위기관인 양 관여하는 것도 이루어지고 있 을지 모른다.

'중요한 건 누가 그 책임을 지는가 하는 거니까.'

그리고 그 책임자가 안기부이고, 입안자이자 책임자인 안 기부 측이 지방 경찰 측에 '협조를 요청'한 것이라면…….

박순길이 맥주 캔을 손에 든 채로 물었다.

"즉, 정 형사님 말씀은 이 일에 안기부가 개입해 있을지도 모른다는 말씀이지라?"

"……그럴지도 모른다는 가능성 측면에서 꺼낸 말에 불과하지만."

정진건이 고개를 끄덕였다.

"염두는 해 보는 것도 나쁘지 않을 것 같아서 말일세."

어쩌면 안기부는 조설훈의 죽음부터 여기까지 이어지는 잃어버린 퍼즐의 한 조각이 될지도 모른다.

"흐미……."

박순길이 맥주를 홀짝였다.

"아따, 이거 일이 커지는구먼요."

그렇게 투덜거리듯 말하면서도 박순길의 입매는 호를 그리고 있었다.

나는 크리스와 통화를 마친 뒤, 학교 주차장으로 향했다.

'크리스 녀석, 게임 폐인이 다 됐군.'

문득 이래서야 내가 준 1억으로 게임에 과금을 해 버리는 건 아닐까, 하는 생각이 들었지만, 이 시대 게임에는 그럴 만한 과금 유도 모델이 없다는 것에 안도했다.

'뭐, 아무리 그래도 그 정도로 막나가지는 않겠지.'

솔직히 1억이면, 유령인간을 만들고도 남는 돈이다.

하지만 이번 일은 어느 노숙자의 명의를 사들이는 것처럼 단순한 일도 아니었기에 나는 크리스가 요구한 1억의 사용처에 대해서는 함구하기로 했다.

'나도 이 시대에는 그걸 어떻게 하는지, 그 일에 어떻게 돈을 맞춰 사용할지는 모르니까.'

그런 걸 보면 크리스는 전생에도 내 또래가 아닌 연장자일 수도 있겠단 생각도 든다.

'아니면 나와 비슷한 처지였던 누구였다거나……. 그렇다면 그 녀석은 누구 아래에서 일을 한 거지?'

떠올려 봐도 마땅한 후보군은 생각나질 않는다.

재벌가에서 자신의 손을 더럽히지 않기 위해 부리는 하수인은 나 말고도 더 있을 것이나, 그런 부류는 직업적 특성상 그들끼리 친목을 도모하는 경우는 있을 리 만무했다.

'녀석이 간간히 보여 주던 교양 있는 모습을 보면, 신흥 재벌 쪽은 아니야. 아마 제법 오랜 시간 지위를 유지해 온 집안에서 꽤 오랫동안 몸담았던 느낌이었는데.'

크리스에 대해 생각하며 주차장으로 향하니 차 앞에서 기다리고 서 있던 강이찬이 내게 꾸벅 고개를 숙여 인사했다.

"오셨습니까."

오랜만에 만난 동생과 회포는 잘 풀었을까.

요즘 그 표정을 조금 읽을 수 있게 되기는 했지만, 원체 좀처럼 감정을 드러내지 않는 사람이다 보니 그가 지금 어떤 생각을 하고 있는지는 잘 모르겠다.

'이제는 전예은의 능력도 통하지 않게 된 모양이고.'

그나저나 기분 탓일까, 왠지 마냥 기뻐하고 있는 것 같지가 않은데.

하지만 나는 그런 생각을 내색하지 않으며 강이찬의 인사를 받았다.

"네, 안녕하세요."

"회사로 모시겠습니다."

그렇다고 그런 걸 직접 묻기는 뭣해서, 나는 모른 척 그가 열어 준 뒷좌석에 올랐다.

강이찬이 차에 올라타 시동을 걸며 입을 뗐다.

"어제는 감사했습니다. 아니 어제 일뿐만 아니라 사장님께서 제게 해 주신 모든 것에 감사하고 있습니다."

그제야 나도 빙긋 웃으며 그 말을 받았다.

"뭘요. 신경 쓰지 마세요. 어제는 어땠어요?"

안부를 묻는 척하며 강이찬을 슬쩍 떠보자, 그는 희미한 미소를 지었다.

"좋았습니다. 동생도 조만간 사장님께 따로 감사 인사를 드렸으면 하더군요."

"일부러 그러실 것까지는 없어요. 그래도 강이찬 씨 가족이니까, 조만간 또 만날 기회가 오겠죠."

이제 곧 서울로 올라와 살림을 차릴 테니까.

"예."

강이찬은 그렇게 말한 뒤, 잠자코 차를 몰았다.

'뭔가 이야기하고 싶은 게 더 있는 느낌인데…….'

내가 그쪽으로 한번 떠볼까, 생각하는 찰나 강이찬이 다시 입을 열었다.

"어젯밤에는 오…… 매제와 함께 술을 마시러 나갔습니다."

호오, 벌써 친해진 건가?

'강이찬은 오명태를 별로 좋아하지 않는 것 같았는데.'

나는 생각하며 고개를 끄덕였다.

"그랬군요. 동생분도 함께요?"

"아뇨……."

강이찬이 잠시 뜸을 들인 뒤 대답을 이어 갔다.

"구봉팔 씨와 함께했습니다."

구봉팔?

의외라면 의외였지만, 생각해 보면 딱히 이상하지만도 않은 조합이긴 했다.

'그도 그럴 것이 강이찬과 구봉팔은 얼마 전 부산에 내려가 일 처리를 함께한 사이이니…….'

딱히 그런 보고는 듣지 못한 거 같은데, 혹시 구봉팔도 그때 오명태를 만났던 걸까.

나는 고개를 끄덕여 강이찬의 말을 받았다.

"그랬군요. 즐거우셨나요?"

"예……."

대답은 곧잘 했지만 그렇게 즐거운 자리는 아니었던 것 같다.

'설마 누가 주사를 부리기라도 했나?'

강이찬이나 구봉팔이 주사를 부릴 거라는 생각은 들지 않는데.

딴생각을 하고 있으려니 강이찬이 말을 이었다.

"실은 그때 어떤 이야기가 나오게 되어서…… 이런 일은 사장님이 아실 필요가 없는 일이라 생각해 말씀드리기 조심스럽습니다만, 그 일로 사장님께 여쭤보고 싶은 게 있습니다."

강이찬은 이 이야기를 꺼내기 위해 노심초사했던 것 같다.

"말씀하세요."

그는 내가 되도록이면 음지 쪽 일에 연루되지 않기를 바라는 눈치였다.

"……예. 단도직입적으로 여쭙겠습니다만, 제 매제가 J&S컴퍼니에 입사한 것은 안기부에서 먼저 부탁한 일이었습니까?"

뭔가 했더니.

나는 고개를 저었다.

"아뇨, 그 일은 제 쪽에서 결정한 일이었습니다."

"……사장님께서요?"

"예. 아, 관련해서 강이찬 씨와 먼저 상의를 하지 않은 건 죄송합니다만……."

"아뇨, 아뇨. 결코 사장님을 탓하려는 것이 아닙니다. 이번에 사장님께서 제게 해 주신 일은 목숨이 몇 개라도 갚기 부족할 지경이니까요. 진심입니다."

아무리 그래도 목숨 몇 개 값은 아닌 것 같다만.

강이찬이 진지한 얼굴로 말을 이었다.

"실례가 안 된다면 안기부 측에서 어떤 식의 이야기가 나왔는지 들려주실 수 있겠습니까?"

"그럼요."

나는 약간의 거짓말을 섞어 대답했다.

"그러니까……."

부산으로 휴가(?)를 다녀온 강이찬이 내게 매제(오명태)의 안전을 보장해 주었으면 한다는 부탁을 하고 얼마 뒤, 나는 김철수를 만났다.

"어이쿠, 공사다망하기 그지없으신 사장님께서 저를 다 만나자고 하시니 이거 몸 둘 바를 모르겠습니다."

어느 호텔 카페에서 다시 만난 김철수는 호들갑을 떨어가며 나를 반겼다.

"놀리시는 건가요?"

"그럴 리가요. 조금 놀랐을 뿐입니다. 진심이에요."

김철수가 빙긋 웃으며 내게 자리를 권해, 나는 그 맞은편에 앉았다.

"어떻게 지내세요?"

"하하, 마음 같아서는 사장님께 대답해 드리고 싶습니다만 국가 기밀인지라."

"그냥 해 본 말이에요."

"알고 있습니다."

김철수도 지지 않고 맞서며 마침 다가온 웨이터를 불렀다.

"웨이터, 여기 커피⋯⋯. 아, 커피는 못 드시죠?"

나는 내가 그에게 그런 말을 한 적이 있던가, 하고 생각했다.

'흠. 역시 양상춘과 함께 회사에 찾아갔던 날, 양상춘과 대기실에서 나눈 대화를 도청한 건가?'

그날 김철수는 내게 자신이 조설훈을 살해한 진범인 걸 밝혔으니 꽤나 리스크가 큰 짓을 했구나, 하고 생각했다.

'아니면⋯⋯ 그냥 어디 다른 곳에서 들었거나.'

내가 커피를 마시지 못한다는 것쯤이야 내 주변에도 알 만한 사람은 다 아는 사실이고.

'프랜차이즈 카페인 로스트 빈의 대표가 체질적으로 커피를 마실 줄 모른다는 게 널리 알려져 봐야 좋을 건 없지만.'

나는 그렇게 생각하면서 김철수 대신 웨이터에게 말했다.

"홍차 있어요?"

"예, 손님."

"그럼 얼 그레이로 한 잔 부탁할게요. 김철수 씨는요?"

김철수가 답했다.

"저는 커피로 부탁합니다."

"예, 그러면 얼 그레이 하나, 커피 하나로 괜찮으시겠습니까? ……주문 확인했습니다. 잠시만 기다려 주십시오."

주문을 받은 웨이터가 떠나고, 김철수는 웨이터가 멀어지길 잠시 기다린 뒤 나를 보았다.

"그나저나 사 주시는 건가요?"

"……그러죠."

"감사합니다."

나를 이 호텔로 부른 게 김철수면서, 그는 뻔뻔하게 내게서 커피를 얻어 마실 생각이었다.

'……쩝, 그래도 그를 불러낸 건 나니까.'

그 정도쯤은 쌤쌤이로 하자.

"그런데."

김철수가 태연한 어조로 내게 물었다.

"오늘은 어쩐 일로 저를 다 보자고 하셨습니까?"

"예. 김철수 씨께 개인적인 부탁을 드리려고요."

"개인적인 부탁……. 아, 혹시 경쟁사에 마음에 안 드는 분이라도 계신가요?"

농담이겠지만, 왠지 농담으로만은 들리지 않는 말이었다.

"그럴 리가요."

물론 마음에 안 드는 인간이야 흘러넘치지만.

"강이찬 씨와 관련한 일입니다."

"아, 강이찬 씨."

김철수는 의뭉스런 미소를 띤 채 고개를 끄덕였다.

"흠, 그 일은 얼추 이야기가 끝난 줄 알았는데요."

"정확히는 강이찬 씨가 아니라 오명태 씨……. 그러니까 강이찬 씨의 매제와 관련해서 부탁드릴 게 있습니다."

내 말에 김철수는 그 속을 알 수 없는 미소로 응수했다.

"아하, 오명태 씨 말씀입니까? 그가 알고 보니 강이찬 씨의 매제였다는 것엔 저도 깜짝 놀랐죠."

"그랬습니까?"

"그럼요."

나로서는 그 입에서 나온 말이 진실인지 아닌지 판단할 근거가 부족했다.

'하기야, 오명태가 실은 강이찬의 매제였다는 건 안기부도 몰랐던 일이겠지. 뭐, 설령 처음부터 알고 있었다 하더라도 상관없고.'

나는 본론으로 들어갔다.

"어쨌거나 그 일로 부탁을 드리고자 합니다."

"그 일이라 하심은?"

이게 알면서도 일부러 떠 보는 건가.

"오명태 씨의 안전을 보장해 달라는 부탁입니다."

"흐음."

고개를 까딱인 김철수가 손가락으로 탁자를 톡톡 두드리더니 말을 이었다.

"애석하지만 그건 조금 어려울 것 같습니다."

"예?"

"그야 그와 접선을 하는 건 실무자인 저입니다만, 오명태 씨를 섭외하기까지 걸린 시간과 노력은 저만의 것이 아니거든요."

"……."

냉정하지만 상식적인 대답이었다.

"저도 그 정도는 이해하고 있습니다."

어차피 첫 술에 이 협상이 진행될 거라고는 생각하지 않았던 나는 김철수의 말을 차분히 받았다.

"하지만 그 일로 제게 빚을 지울 수 있다면, 그건 그것대로 괜찮은 거래라고 생각하는데요."

"……하하."

김철수가 웃었다.

"뭐, 분명 사장님의 '개인적인' 부탁을 받는 건 저희로서도 나쁘지 않은 일이기는 하죠."

보통 꼬맹이가 이런 말을 했다면 시건방진 말에 불과했겠지만, 나는 '보통 꼬맹이'가 아니다.

그 사실만은 나를 별로 좋아하지 않는 김철수라 하더라도 인정하고 있을 것이다.

김철수가 말을 이었다.

"더욱이 설령 저희가 그런 일로 사장님의 부탁을 들어드린
다고 하더라도…… 저로서는 나중에 어떤 식의 테이크가 오
게 될지 영 짐작이 가질 않거든요."

"이해합니다."

오명태를 빼돌리는 건 그들 입장에서도 지금껏 수립한, 심
지어 이미 궤도에 올라 진행 중인 계획의 방향을 재고해야
할지도 모를 일이기도 했다.

'그들 입장에서도 신중하게 나서야겠지.'

나는 김철수의 말에 동의하면서 재차 말을 이었다.

"하지만 제가 드리는 부탁은 어디까지나 오명태 씨의 '안
전'을 보장하는 것이지, 그를 그쪽이 하시는 일에서 배제해
주십사 하는 것은 아닙니다."

잠시 생각하던 김철수는 손가락으로 테이블을 툭툭 건드
리곤 다시 입을 뗐다.

"흐음, 저로서는 양립이 가능한 해결책이 보이질 않는데
요. 아, 물론 그렇다고 오명태 씨가 위험한 일에 발을 들였다
는 의미는 아니고요, 하하하."

아니기는. 호랑이 굴에 들어가 있는 마당인데, 일이 조금
이라도 틀어지면 곧장 쥐도 새도 모르게 사라지고 말 것이
오명태의 입장인 것을.

그래도 이 정도면 충분히 내가 바라는 방향으로 대화를 이끈 셈이었다.

"그 부분은 생각해 둔 게 있습니다."

"어떤 거죠?"

나는 준비한 대답을 내놓았다.

"조만간 조광에서……."

내가 대답을 이어 가려는데 김철수가 내게만 보이도록 허리 위로 살짝 손바닥을 들어 보였다.

그 직후 웨이터가 다가와 우리에게 각각 홍차와 커피를 내려놓고는 고개를 꾸벅 숙인 뒤 돌아갔다.

김철수가 커피 잔을 들어 올리며 말했다.

"죄송합니다. 계속하시죠."

"예. 그러니까……."

나는 김철수에게 조만간 조광과 SJ컴퍼니가 J&S컴퍼니라는 합자회사를 설립할 예정임을 밝혔다.

"그리고 저는 오명태 씨를 그 회사 임원으로 고용할 생각입니다."

담담한 얼굴로 내 이야기를 들으며 커피를 홀짝이던 김철수가 커피 잔을 내려놓았다.

"그건 다시 말해서, 저희가 오명태 씨의 '안전'을 보장하는 선에서 일을 진행했으면 하시는 거군요."

'안전'을 강조한 김철수의 말에 나는 고개를 끄덕였다.

"예, 그렇습니다."

내 부탁을 들어준다면 그들도 나로부터 어떤 대가를 받기는 하겠지만 애당초 안기부는 당장 내게서 딱히 당장 뭘 더 얻어 낼 것을 바라지 않는 눈치였다.

그러니 그들 입장에서는 내게서 쓰일 곳 없는 차용증을 받아 봐야 처치 곤란하기만 할 뿐만 아니라, 까딱하다간 지금껏 유지해 오고 있는 좋은(?) 거래 관계에 흠집이 갈지도 모른다.

나도 김철수가 안기부 내에서 어떤 위치인지는 모르지만, 실무자로서 낮은 지위의 인간은 아닐 거라는 정도는 파악하고 있다.

하지만 설령 그렇다 할지라도 그가 안기부 전체를 대변하는 입장은 아니며, 그들도 이번 작전을 여기까지 진행하기까지 많은 비용을 지불했을 것이다.

여기서 오명태를 따로 빼돌리는 건 그들 입장에서도 지금껏 수립한, 심지어 진행 중인 계획을 재고해야 할지도 모를 일이기도 했다.

그러니 내가 비록 입으로는 이를 개인적인 부탁이라고는 했지만 따지고 보면 이는 이성진 개인과 김철수 개인과의 거래가 아닌, SJ컴퍼니와 안기부 조직 간의 거래나 진배없는 것.

까놓고 말해 김철수는 신뢰할 수 없는 남자다.

내가 파악한 김철수라면 그가 강이찬에게 그러했듯, 오명태를 단순히 쓰고 버릴 장기 말로 취급할 터.

하여 김철수 개인을 신뢰할 수 없다면 차라리 '안기부'라는 조직을 끌어들이자는 것이 내 계획이었다.

'내가 일부러 그가 지정한 장소까지 온 것도 그런 연유였지.'

수단은 모르겠지만 김철수와 내가 나누는 대화, 일거수일투족은 실시간으로 상부에 보고되고 있을 것이다.

즉, 나는 그에게—나아가 그 배후의 윗선을 향해—이런 신호를 보낸 것이다.

'당신들이 하는 일에 훼방을 놓을 생각은 없다. 오히려 그 일에 도움이 될지도 모를 제안을 할 테니 오명태의 안전만큼은 보장해다오.'

김철수는 내 의도를 파악한 듯 빙그레 미소를 지었다.

"정말, 쉽지 않네요."

"그렇죠?"

내 능청에 김철수가 픽 웃으며 커피를 마셨다.

'아마 커피를 마시는 저 동작도 어떤 신호는 아닐까.'

이 자리에서 김철수가 윗선과 주고받는 암호를 파악할 수는 없을 테지만, 아마도.

'아니면 그냥 심플하게 테이블 아래에 송수신기를 달아 둔 걸지도 모르고.'

김철수가 한참 만에 입을 뗐다.

"J&S컴퍼니는 어떤 회사입니까?"

상부에서 지시가 온 걸까, 그는 그답지 않게 빙 둘러 말하는 일 없이 단도직입적으로 물었다.

"국내 유통회사입니다."

"네? 유통회사 자체는 이미 숱하게 있지 않습니까?"

"그렇죠. 하지만 단순한 유통회사라면 저도 조광과 손을 잡아 가며 설립하지 않았을 거고, 조광도 굳이 저와 손을 잡으려 하지 않겠죠."

나는 잠시 뜸을 들인 뒤 답을 이었다.

"저는 J&S컴퍼니를 온라인 유통회사로 만들 생각입니다."

"온라인……? 그러니까 인터넷 말씀입니까?"

그도 인터넷 정도는 아는 듯했다.

"예. 장래엔 인터넷이 돈이 될 거라고 보았거든요. 이를 통해 조광으로서는 SJ컴퍼니, 나아가 삼광 그룹의 기술을 이용할 수 있고, 저희 또한 조광의 유통망을 활용할 수 있는 기회가 올 테니 상호 원원인 합자회사라고 할 수 있죠."

나는 말하며 빙그레 웃었다.

"더군다나 본사는 서울에 있지만 활동은 전국 단위를 바라보고 있으니, 공식적인 지방 출장도 잦을 거예요."

"흠."

김철수가 생각에 잠긴 얼굴로 손가락을 탁자에 두드리더니 고개를 끄덕였다.

"경영의 주체는 누가 맡게 됩니까?"

"공식적으로는 조세화가 맡게 될 거예요."

"공식적이라 하심은, 실질적인 경영은 다르단 말씀입니까?"

"예. 이미 들으셨는지 모르겠지만 세화는 회사 설립 후 외국으로 유학을 떠날 예정이거든요. 그러니 아무래도 경영은 한국에 있는 제가 도맡아 하게 되겠죠."

여기까지 말하면 김철수도 내가 말하는 바가 무엇을 의미하는지 알 것이다.

'더군다나 조세화도 이미 그쪽과 손을 잡고 있는 상태이니.'

김철수는 잠시 생각하다가 내게 물었다.

"그 건은 조광도 아는 사실입니까?"

"그럼요. 이미 조만간 있을 임시주주총회에 합자회사 설립 건을 발표할 예정이거든요. 세화는 그 일로 자료를 모으느라 바쁜 나날을 보내는 중이죠."

김철수가 픽 웃었다.

"그러려면 우선 조광의 주주총회를 거쳐 합자회사 건이 승인되어야 하겠군요."

나는 그런 반박도 예상하고 있었다.

"보험이란 느낌은 아닙니다만, 마침 이미 양상춘 씨를 통해 귀사에서 그 비슷한 걸 진행 중이거든요."

내가 말한 귀사란 물론 일산출판사를 말하는 것이다.

"호오, 양상춘 씨가 사무실에서 뭘 하고 계시나 했더니, 이미 그런 프로젝트를 진행 중이셨던 겁니까?"

"외부 영업 전담인 김철수 씨는 잘 모르실 거라고 생각했는데, 잘 알고 계셨군요."

"……하하."

김철수가 표정 변화 없이 웃었다.

"회사 내부 사정을 알아야 영업도 뛸 수 있는 법이니까요. 아무튼 좋습니다. 그러면 지금 '저희 회사에서 보험 삼아' 하고 있는 일이 잘된다면, 조광 역시도 따르지 않을 수 없을 거라고 보십니까?"

"그런 느낌은 아니지만……. 회사의 주가란 결국 미래에 대한 기대치가 반영되는 것이어서요. 세화의 발표 후 주가 변동치를 보면 주주들도 합자회사 건에 찬성하지 않고는 못 배길 거라 생각하고 있습니다. 일산출판사에서 진행 중인 사업은 일종의 선행 사업 느낌으로 시연할 예정이고요."

이 시기, 그쪽 관련해서는 우리 회사의 프로그래머인 조인영이 밤을 세워 가며 작업 중이었다.

김철수는 한참 동안 생각에 잠겼다가 고개를 끄덕였다.

"알겠습니다."

김철수가 내게 눈을 맞추며 말을 이었다.

"그러면 이 일은 상부에 재가를 올려 보도록 하죠."

그러면 일단 김철수는 넘어왔다고 봐도 좋을까.

"감사합니다."

"감사는요. 처음부터 사장님 손에 놀아난 기분인걸요, 하하."

그렇게 꼭 한마디를 더해야 하나.

내게서 대략적인 내용을 전해들은 강이찬이 중얼거렸다.

"그런 경위로……."

"예. 거기서 김철수 씨와 나누던 대화는 상부에도 실시간으로 보고가 갔겠죠. 뭐, 역으로 그걸 노린 것도 있습니다만."

내 말에 강이찬은 잠시 뜸을 들였다가 고개를 끄덕였다.

"아마 사장님 짐작이 맞을 겁니다."

역시 그랬군.

강이찬이 말을 이었다.

"그래서 사장님께서도 그 장소에 순순히 가셨던 거군요."

"그런 셈입니다. 회사 대 회사의 거래라면 김철수 씨 개인이 가부를 논할 수 없을 테니까요. 그런 거라면 차라리 적진에 들어가 이를 공론화하는 게 낫겠다고 생각했습니다."

다시 말하지만, 나는 김철수 개인을 신뢰하지는 않는다.

그가 말하는 건 태반이 거짓일 것이고, 혹시 진실을 말하더라도 그 안에는 거짓이 섞여 있으리라.

'마음 같아서는 전예은에게 그를 관찰하도록 명령이라도 하고 싶을 정도지.'

그렇다고 무턱대고 내 섬세하기 그지없는 와일드카드를 꺼낼 생각은 없지만.

강이찬이 내게 물었다.

"그래도 말씀을 들으니…… 왠지 안기부에서 J&S컴퍼니 건을 몰랐다는 느낌인데, 사장님은 어떻게 생각하십니까?"

나는 강이찬의 질문에 어깨를 으쓱였다.

"그렇지는 않을 거예요. 그들도 최소한 제가 조세화랑 붙어서 무언가를 하려 한다는 것쯤은 파악하고 있었을 겁니다."

"……음."

"뭐, 그게 뭘 하는 것이었는가 하는 구체적인 내용까지는 몰랐겠지만 말이에요."

조세화가 말하지 않았다면, 하는 단서가 붙기는 하지만, 그 시기에는 조세화도 그 합자회사가 구체적으로 뭘 하는 회사인지 명확한 비전을 모르던 때였다.

조세화가 J&S컴퍼니란 회사의 목표와 지향점을 명확히 알게 된 건 발표를 준비하면서부터였으니, 설령 김철수와 만나따로 이야기를 주고받았더라도 그 정보는 명확하지 않았을 것이다.

'아마 지금도 아주 잘 알지는 않을 거야.'

그렇다고 조세화를 비하할 생각은 없다.

이 사업은 국내에서는 아직—어쩌면 세계적으로도—전인미답의 땅이니, 궤도에 오르기 전까지는 그 패러다임의 변화를 깨닫기 힘들 터.

'애당초 조세화도 김철수를 싫어하는 느낌이었고.'

강이찬이 쓴웃음을 지으며 말했다.

"하지만 그런 중한 자리에 제 매제를 덜컥 앉히신 건 저도 놀랐습니다."

뭐, 나도 오명태 같은 풋내기에게 그런 중책을 맡기는 것이 모험이긴 하지만.

"어차피 아직 전인미답의 사업인 건 모두가 마찬가지거든요. 그런 거라면 경력직보다는 차라리 현상에 대해 편견 없이 받아들이는 신입이 낫다고 생각했습니다."

또, 엄밀히 말해 오명태는 '나름대로' 경력직이기도 하니까.

'서로 일부러 언급은 피하고 있지만, 마약 거래도 무역이라면 무역 아니겠어?'

게다가 해외에서 들여온 물건을 양아치들에게 점조직처럼 뿌려 판매를 꾀한 건, 어떤 의미에서 보자면 내가 하려는 것과 크게 다르지도 않고.

강이찬이 희미하게 웃었다.

"다 계획이 있으셨군요."

"그럼요. 강이찬 씨는 그 문제로 고민이 많으셨던 거 같네요."

"예……. 만일 그 제안이 안기부에서 먼저 나온 거였다면,
하고 저어하고 있었습니다."

강이찬이 말을 이었다.

"만약 안기부에서 먼저 제안한 것이었다면 저도 다른 수단
을 강구해야 한다고 직언을 드렸을 테니까요."

강이찬이 걱정하던 것도 이해는 갔다.

'나 역시도 그걸 안기부가 먼저 제안했다면 생각을 달리 했
을 거거든.'

특히나 그게 다른 사람도 아니고 김철수에게서 온 제안이
라면 더더욱.

'그렇기는 해도.'

나는 힐끗 강이찬을 살폈다.

'저 자리에 강이찬이 아닌 김철수가 있었다면, 나도 이렇게
하지는 않았겠지.'

나는 시트에 등을 기대며 강이찬에게 언급하지 않은 뒷이
야기를 잠시 떠올렸다.

김철수는 커피를 단박에 들이켠 뒤─뜨겁지도 않나?─주
머니를 뒤적여 만 원짜리 지폐 두 장을 꺼내 커피 잔 아래에

끼워 넣더니 자리에서 일어섰다.

"날씨도 좋은데, 잠시 걷죠."

"예? 아, 예."

나는 손도 대지 않은 내 몫의 홍차를 두고는 허둥지둥 그 뒤를 따랐다.

어디를 향하는지 묵묵히 걷던 김철수는 호텔 밖을 나서서야 입을 뗐다.

"그나저나 사장님, '개인적으로' 한 가지 물어봐도 되겠습니까?"

"뭔가요?"

김철수가 몸을 홱 돌려 나를 보았다.

"어째서 그렇게까지 하시는 거죠?"

김철수가 말을 이었다.

"사실, 강이찬 씨 사정이 어떻게 되건 간에 사장님과는 남이 아닙니까?"

"……."

"특히 오명태 씨는 강이찬 씨와 피가 이어진 것도 아니고…… 어디까지나 매제라고 하는, 아무래도 상관없는 그런 관계죠. 그런 일에 사장님께서 저를 찾아와 '부탁'을 드리는 것이 영 이상해서 말입니다. 시건방진 조언을 더하자면 사장님씩이나 되는 분이 그런 일로 제게 머리를 조아려서는 안 될 일이라고 생각합니다만."

그가 호텔을 나와서 묻는다는 것이 '고작' 그런 것이었다는 것에 놀라기는 했지만, 나는 일단 순순히 대답했다.

"그야, 강이찬 씨가 그러길 바랐으니까요."

"예?"

"아니면, 김철수 씨는 고용주로서 부하 직원을 챙기는 일이 이상하다고 생각하세요?"

"……."

김철수는 얼굴에 드리운 웃음기를 거두곤 무표정한 얼굴로 나를 보더니 입을 뗐다.

"예. 보통은 그러지 않거든요."

"그러면 답이 나왔네요. 제가 보통이 아닌가 보죠."

"……하하하."

김철수가 웃었다.

그 메마른 웃음은 이윽고 쿡쿡, 소리 죽인 웃음으로 변하더니 이내 그는 입을 아, 벌렸다가 입을 다시 다물었다.

"그렇군요. 자각하고 계셨다니 다행입니다."

그는 희미한 미소를 머금은 채 내게 그렇게 말했다.

"이왕이면 저도 사장님을 좀 더 일찍 만날 수 있었더라면 좋았을 텐데요."

"혹시 강이찬 씨의 자리가 탐나세요?"

"예. 꽤나."

김철수가 대답했다.

"뭐, 그래도 사장님께 굽실대는 건 제 적성에 안 맞을 거 같기는 합니다."

이게 말을 해도 꼭…….

하지만 나는 미소 띤 얼굴로 응수했다.

"이직을 원하신다면 언제든지 오세요. SJ컴퍼니의 문은 항상 열려 있습니다."

"하하, 빈말인 건 압니다만 고려는 해 보겠습니다."

김철수가 고개를 돌려 거리를 보았다.

"질문은 끝났습니다. 택시를 잡아 드리죠."

그리고 그날 저녁, 나는 모르는 번호로부터 '승인되었습니다.' 하는 문자를 받은 것이었다.

회사에 도착해 사장실로 향하니 전예은이 나를 반겨 주었다.

"오셨어요, 사장님."

"네. 별다른 일은 없었습니까?"

얼마 전부터 어지간한 일은 이제 궤도에 올라, 내가 회사에서 할 일이라고는 최종 승인이 전부인 단계에 다다라 있었다.

'그러니 여유기 생겨 이런저런 다른 일에 눈길을 돌릴 수

있었던 것이기도 하지만.'

나도 그런 여유를 여유로 받아들이지 못하고 일을 벌이려는 걸 보면, 이쯤해서 슬슬 내가 워커홀릭인 건 아닌지 모르겠다고 의심을 해 봐야 할 것 같다.

그래서 방금도 응당 별일이 없을 거라고 생각해 인사 대신해서 관성적으로 건넨 말이었는데, 의외의 답이 흘러나왔다.

"아, 네. 오전에 조광 그룹 이철희 CEO님 측에서 비서를 통해 연락이 있었습니다."

조광 그룹의 이철희 CEO?

그러면 어제 조광 그룹 임시주주총회를 통해 CEO로 선출된 인물이었다.

'꽤나 실력이 있어 보이는 남자였지.'

또한, 그와 관련해 크리스는 이철희가 자신이 재일교포임을 소개한 점에서 착안해 강미자의 친가인 야마구치구미에서 작심하고 키운 기업가일지도 모른다는 견해를 내놓았던 바.

'……혹은 우리를 제외한 또 다른 전생자거나.'

그런 그가 내게 연락을 해 왔다?

'대체 무슨 꿍꿍이인지…… 아니, 이제는 협력사 관계이니 한 번쯤 만나 보자는 것일 수도 있겠군.'

어쨌거나 J&S컴퍼니는 지금 초등학교에서 떠들어 댈 만큼 장안의 화제이니까.

'뭐, 학교에서 그 이야기가 나온 건 사업 내용보다도 조세

화 개인에 집중된 호기심 차원에서 나온 거긴 하지만……. 그
래도 그렇지, 지금은 취임 직후여서 그도 바쁠 텐데 말이야.'

　나는 사장실로 향하던 발걸음을 멈추고 생각한 바를 드러
내지 않으려 시치미를 떼며 전예은의 말을 받았다.

　"그렇군요. 뭐라고 하시던가요?"

　"네. 시간 될 때 식사라도 한 끼 하자는 내용이었습니다."

　전예은은 이철희가 나와 개인적 만남을 원한다는 것을 나
와 다른 방향에서 꽤 중요한 일로 여기는 듯했다.

　"J&S컴퍼니와 관련한 일일까요?"

　"아마도 그렇겠죠."

　다만 전예은의 질문에 일말의 불안감 비슷한 게 묻어난 데
에는, 나와 조세화가 노력해 입안한 사업 계획을 신임 CEO
인 이철희가 자신의 성과로 만들어 보고자 침을 발라 두려는
것은 아닌가 하는 염려가 담겨 있는 것이리라.

　'보통은 그렇게 생각하는 게 일반적이지. 하지만 왠지 이철
희가 그런 이유로 나를 만나고자 한 것 같지는 않아.'

　한편으로는 나도 언제 한번 시간을 내서 그를 만나 보긴
해야겠다고 생각하던 바, 차라리 저쪽에서 먼저 나서서 나를
만나고자 한 것이 고마울 정도였다.

　"그럼 빈 시간에 스케줄을 짜서 그쪽이 원하는 시간을 골
라 달라고 해 주세요."

　"……네, 알겠습니다."

나는 전예은에게 고개를 끄덕여 준 뒤 사장실로 들어와 의자에 기대앉았다.

'그렇다고는 하지만 이철희가 나를 만나고자 했다라…….
빠르다면 빠르군.'

나와 회장에서 스치듯 만난 구면이기는 하지만, 제대로 이야기를 나눠 본 적은 없으니 나도 그가 어떤 인물인지는 파악하지 못한 채였다.

'전생에는 들어 보지 못한 인물이기도 하고.'

다른 때 같으면 그런 자리에 '어린 사장'임을 얕보이지 않으려 김민혁을 대타로 보내거나 하지만, 김민혁은 군 복무 문제로 나올 상황이 아니고, 그렇다고 김민혁의 대타로 뛰고 있는 곽성훈을 보내자니…….

'왠지 모르게 내키질 않는단 말이야.'

아마 크리스에게 그런 이야기를 듣지 않았더라면 나는 이런저런 핑계를 대며 뒤로 빠지면서 곽성훈을 보냈으리라.

그런 걸 차치하더라도 저쪽에서 (이제 갓 선출된 따끈따끈한 신임이긴 하나)CEO가 몸소 나와 주는 이상 최소한의 '체급'을 맞출 필요는 있었으니, 서로 대리인을 내세우지 않는 이상은 내가 직접 나서야 할 때이기도 했다.

'나를 얕보거나 하지는 않았으면 좋겠는걸.'

어저께 임시주주총회 회장에서 그가 조세화에게 보여 준 모습을 감안하면 그런 꼰대 기질은 염려할 필요가 없을 거 같기는 하지만.

'……우습지만 한편으론 그가 그런 꼰대이길 바라는 내가 있어.'

그래, 차라리 이철희가 조광 그룹을 장악하고 있는 임원들이 앞세운, '역량 딸리는 허수아비'라면 그 존재가 조금 귀찮을지언정 나 개인은 안심할 수 있다.

'그 자리에 전예은을 동행하면……. 아니, 그건 그것대로 조금 애매하군.'

나는 컴퓨터 전원을 넣고 부팅을 기다리는 동안 신문을 집어 들었다.

책상에는 전예은이 갖다 놓은 오늘자 신문이 가득했는데, 신문에는 하나같이 어제 있었던 조광 그룹 임시주주총회와 관련한 내용이 1면을 장식하고 있었다.

전예은이 매일 가져다주는 신문 중에는 우리 집에서 구독하지 않는 신문들도 있었으므로, 다른 언론에서 이를 어떻게 취급하는가 하는 여부를 알기 쉽다.

'이 신문들이 추후 〈길잡이〉 포털 사이트에서 서비스 예정인 뉴스란에 통합될 걸 생각하면, 이 광경도 오래는 못 보겠지.'

나는 빠르게 신문을 훑으며 이미 알고 있는 내용이거나 내게 중요하지 않은 것들을 추려 책상 구석에 척척 쌓아 올렸다.

'아직 J&S컴퍼니에서 할 온라인 쇼핑몰에 대해 정확한 전망을 제시하는 매체는 거의 없군.'

뭐, 이 시대에는 아직 IT기술에 대한 이해도가 낮을 뿐만 아니라 수요도 적으니, 신문사 측도 전문 기자를 채용하지 않은 것이리라.

'관련해서 그럴듯한 분석이 나오길 기다리려면 차라리 PC 전문 잡지를 기대해 보는 게 좋겠어.'

책상에 이런저런 신문사의 신문이 가득 쌓여 있다 보니 이 자리에는 어딘지 어울리지 않은 총천연색의 스포츠 신문도 있었는데, 이는 엔터테인먼트 사업도 겸하는 SJ컴퍼니이기에 그런 것도 있었다.

이 시대 스포츠 신문은 영양가라고는 없는 루머와 제목 낚시 기사도 많았고, 회사 지출이라지만 구독료가 아까운 지경인 것도 더러 있었지만 그럼에도 나는 이런 신문을 지속적으로 받고 있었다.

'……어쨌건 이런 게 재미는 있거든.'

스포츠 신문에서 나는 김승연이 출연 중인 〈첫사랑〉이 동시간대 드라마 시청률 1위를 기록하고 있다는 내용을 보았다.

드라마 〈첫사랑〉은 얼마 전 윤아름이 여주인공의 아역을 맡은 '과거편'이 끝나고 김승연이 전면에 나서면서 본격적인 전개가 펼쳐지고 있었는데, 윤아름이 맡았던 '과거편'도 윤아름의 열연 속에 꽤 호평을 일으키며 초반 시청률 견인 역할

을 톡톡히 했지만 아무래도 김승연 파워에는 아직 미치지 못
했다는 것이 현재 중론이었다.

'그렇다고 윤아름을 평가절하하기엔 윤아름에게도 억울한
점이 없지는 않지. 윤아름 개인의 역량은 어지간한 성인 연
기자보다 뛰어나지만 상대 아역은 그렇지 않으니까.'

게다가 극의 구성상 '과거편'에만 출연하고 사망하기는
했지만 대스타이자 대선배인 안형욱의 카리스마와 원숙한
연기가 불러온 화제성에 윤아름의 열연도 다소 묻히고 말
았으니······.

'나중에는 그것도 재평가가 이루어지겠지. 아마 지금 시대
에는 상상도 못 할 초호화 캐스팅, 이라는 느낌으로.'

그도 그럴 것이 김승연의 상대역이자 극중 삼각관계 대상
에는 청춘스타로 시작해 머지않아 '사극의 (중의적인 의미에서)왕'
이라 불리는 최종수, 지금은 풋풋한 신인에 가깝지만 몇 년
뒤 일본에서 '욘사마'라고 불리며 사회현상이 된 한류열풍의
중심이자 그 용례의 대명사가 된 박용준까지 누구 하나 억
소리 나지 않는 배우가 없는 것이다.

'이거, 오히려 나중을 생각하면 김승연이 빛이 바랄 지경인
걸.'

물론 나로서도 김승연이 전생의 전철을 밟지 않도록 신경
을 쓰기는 할 테지만.

'그나저나 내가 김승연을 우리 소속사로 끌어들일 수 있었

던 건 결과적으로 그녀의 생물학적 친부인 안형욱 덕분이기도 하군.'

당시 마동철이 전하길 안형욱은 윤아름을 콕 집어 '윤아름이 드라마에 출연한다면 본인도 출연을 고려해 보겠다'는 파격적인 조건을 앞세워 감독을 협박(?)했다.

사유인 즉 '전도유망한 배우와 연기를 함께해 보고 싶다'는 것이었지만, 정작 드라마에서는 윤아름과 안형욱이 직접 대면하는 장면도 없었고, 나는 나대로 안형욱이 'SJ컴퍼니'와 연결고리를 만들기 위해 그런 일을 벌인 거라고 생각했는데……

'혹시 우리가 김승연을 받아들일 걸 염두에 두고 그랬던 건?'

지금 와서는 어째, 그런 생각이 들곤 했다.

그도 그럴 것이 그 덕에 우리는 김승연과 인연이 생겨 그녀가 몸담고 있던 기존 소속사의 비위를 들춰내 협박하는 것으로 그녀를 손쉽게(?) 우리 측에 끌어들일 수 있었으니까.

'끙, 이건 너무 결과론에 끼워 맞췄나?'

나는 이것도 다 크리스가 쓸데없는 소리를 해서라고 생각하기로 했다.

'그게 말이 되려면 안형욱이 나나 크리스를 제외한 또 다른 전생자여야 할 테니……. 음?'

거기서 나는 문득 무언가 콕 집어 말하기 힘든 위화감을 느꼈는데, 그게 대체 무엇인지 생각이 이어지질 않았다.

'아야!'

나는 갑자기 이마에서 욱신거리는 통증을 느끼곤 부위를 더듬었다.

그건 내가 이번 생에 눈을 떴을 때, 이 몸이 직전에 계단에서 굴러 입었다던 흉터가 있는 자리였다.

'갑자기 뭐야?'

그 통증은 인지하는 즉시 가뭇없이 사라져 마치 착각인 양 느껴졌다.

'방금 그 통증은 대체…….'

내 기억에 이걸 마지막으로 느꼈던 건, 전예은을 처음 만났을 때였다.

'그 이후 나는 고아원에서 전예은의 존재를 눈치채고 그녀를 고용하게 되었지.'

이건 어떤 신호일까, 아니면 그냥 내 착각에 불과한 것일까.

하지만 나도 모르는 새 손바닥에 밴 축축한 땀은 그것이 착각이 아님을 알리는 듯했다.

'이거 참…….'

똑똑.

나는 노크 소리에 상념을 깨며 반사적으로 시계를 보았다.

'응? 벌써 시간이?'

따히 뭔가를 하지도 않았는데, 사장실로 들어온 지 벌써

20분가량이 지났다.

'나 원, 이렇게 오랫동안 농땡이를 피우고 있었다니.'

전예은이 문 너머 내게 말했다.

"사장님, 들어가도 되겠습니까?"

나는 손바닥에 밴 땀을 바지에 슥 문질러 닦은 뒤, 자세를 바로하며 대답했다.

"아."

말을 이으려던 나는 목이 잠긴 걸 깨닫곤 목청을 가다듬었다.

"네, 들어오세요."

말이 끝나자마자 달각, 문이 열리며 전예은이 사장실로 들어왔다.

"네, 실례하겠⋯⋯. 어머!"

전예은이 화들짝 놀란 얼굴로 내게 다가오더니 손수건을 꺼내 내 이마를 닦았다.

"사장님, 괜찮으세요?"

"예?"

"얼굴이 창백해요."

내가? 아무렇지도 않은데.

"안 되겠다, 쉬셔야겠어요. 사장님, 일단 소파에 가서 누우세요."

거절할 새도 없이 전예은의 부축을 받은 나는 사장실에 놓인 거울을 보고 움찔했다.

'……이거, 전예은이 걱정할 만한 몰골이군.'

전예은의 말마따나 거울에 비친 내 얼굴은 핏기 없이 창백했다.

"춥거나 덥지는 않으세요?"

"아뇨, 그런 건 아닌데……."

"당사자가 자각 못 하는 경우도 있어요. 음, 그러니까 우선 주치의 선생님께 연락을……."

"괜찮습니다."

나는 전예은을 만류했다.

"조금 쉬면 낫겠죠. 몸은 정말 괜찮아요."

그러며 소파에서 몸을 일으키려는 나를 전예은이 강제로 눕혔다.

"누워 계세요."

끙, 이거야 원. 새삼 누나 행세라도 하는 건가.

나는 좀처럼 보지 못한 그녀의 단호한 말과 눈빛에 두 손을 들었다.

절대 쫄아서는 아니었다.

"……네? 네. 지금은 괜찮은 거 같아요. 네, 계속 살펴보겠습니다. ……네. 기다리겠습니다."

내 안색을 살피며 핸드폰으로 주치의가 묻는 말에 꼬박꼬박 답하던 진예온은 한숨을 내쉬며 전화를 끊었다.

"주치의 선생님께서 곧 오시겠대요."

그렇게 해 줄 것까지는 없는데.

'뭐, 어쨌거나…… 내 몸을 걱정해서 하는 거니까.'

나는 소파에 누운 채로 고개를 끄덕였다.

"알겠습니다. 기다리죠."

"네. 그리고 검진이 끝나면 오늘은 이만 퇴근하세요. 알았죠?"

그렇다고 조금 몸이 아프다고 조퇴를 해서야 사장으로서 직원들에게 모범이 서질 않는데.

전예은이 빙긋 웃으며 말을 이었다.

"이럴 때 사장님이 퇴근을 해 주셔야 직원들에게도 모범이 서죠."

흠, 생각하는 과정은 비슷한데 결과가 영 다르군.

나는 소파에서 상체를 일으켜 앉았다.

"괜찮아요. 아까는 일이 일단락되어 저도 모르게 긴장이 풀렸던 거라고 생각하거든요."

"하지만……."

"무리는 하지 않을 겁니다. 어차피 한동안은 그렇게 바쁜 일도 없을 거 같고요."

전예은은 마지못해 고개를 끄덕였다.

"알겠습니다. 하지만 조금이라도 몸 상태가 나빠지면 바로 말씀해 주세요. 알았죠?"

"그럼요."

걱정할 것도 없이 아까 전 통증이 사라진 지는 오래였고, 거울에 비치는 내 혈색도 회복된 상태였다.

나는 소파에 앉은 채로 그녀에게 물었다.

"그나저나 아까는 무슨 보고를 하려고 오셨던 겁니까?"

"......"

전예은도 내 몸이 괜찮아졌다는 걸 아는지, 내 명령에 곧장 업무 모드로 복귀했다.

"네. 조광 그룹 이철희 CEO님과 식사 건으로 스케줄을 잡아서요."

그러면서도 전예은은 별다른 이상이 없는지 내 몸을 살피며 말을 이었다.

"조광 측에서는 오늘 저녁이라도 괜찮다는 식의 답을 주셨습니다만, 그건 안 되겠죠?"

저쪽도 나를 꽤 만나 보고 싶어 하는 모양이군.

"상관없습니다."

그건 나도 마찬가지이니 오히려 바라던 바다.

'죽 쒀서 개 줄 수는 없지.'

만약 이철희 측이 J&S컴퍼니의 경영에 간섭하려 든다면 나는 나대로 수단과 방법을 가리지 않을 예정이었다.

"네? 안 돼요. 아프시잖아요."

"이젠 정말 괜찮다니까요."

생긴 거랑 다르게 의외로 고집이 세다니까.

그렇게 몇 번의 실랑이가 오간 끝에 나는 협상을 제시했다.

"그러면 이렇게 하죠. 최 박사님께 검진을 받고 별다른 이상이 없다면 그렇게 하는 쪽으로."

전예은은 떨떠름한 기색을 감추지 않은 채 내 제안을 받아들였다.

"알겠습니다. 그 대신……."

전예은이 내 책상을 힐끗 쳐다보았다.

"주치의 선생님이 오시기 전까지는 쉬어 주세요. 알았죠?"

그 정도야 뭐.

"신문 다 읽으셨으면 정리할게요."

나는 책상에 쌓인 신문을 정리하는 전예은을 보며 '업무와 상관없(어 보이)는' 내용을 물어보기로 했다.

"아까 신문을 보니까……."

전예은은 고개를 홱 돌렸는데, J&S컴퍼니와 관련한 이야기가 나오지는 않는지 경계하는 눈치였다.

"네? 신문에서 뭐가요?"

웃는 얼굴인데 왠지 무섭다.

"……드라마 시청률이 꽤 잘나오는 모양이던데요."

이 정도는 괜찮겠지.

예상대로 전예은은 경계를 풀고 빙긋 웃었다.

"네, 저도 매주 꼬박꼬박 챙겨 보고 있어요."

"그래요?"

"그럼요. 어떻게 전개될지 매 회가 흥미진진해서요. 나중에는 두 형제 중 누구랑 이어질지도 궁금하고……."

전예은이 눈을 반짝반짝 빛내며 나를 보았다.

"사장님은 여주인공이 누구랑 이어질 거 같아요? 듬직한 찬형? 아니면 자상한 찬욱?"

아, 그거 최종수랑 이어지는데.

아마 전예은이 내 속까지 읽어 낼 수 있었다면 지금 이 순간 그 미소가 사라지고 말았을 것 같다.

"예은 씨도 몰라요?"

내 말에 전예은은 그 질문이 무슨 의미인지 알고서 쓴웃음을 지었다.

"네. 승연 언니도 아직 어떻게 될지는 모르시더라고요. 지금도 계속해서 쪽 대본이 나오고 작가님도 수정에 수정을 거듭하신다고 하셔서……."

"그렇군요."

"뭐, 저도 드라마 촬영 현장에는 일부러 나가지 않고 있기도 하고요."

하긴, 전예은의 능력이면 동경하는 배우를 실제로 만나 보아도 실망만을 하게 될 테니까.

전예은은 그렇게 꿈은 꿈, 현실은 현실이란 식으로 구분

지으며 마음을 지키고 있는 것이리라.

어쩌면, 그녀가 책이며 영화, 드라마에 몰입하는 것도 그
곳이 그녀가 보는, 아니 볼 수밖에 없는 진실이 차단된 세계
이기에 그런 것일지도 모르고.

"하지만 아무튼, 개인적으로는 찬욱 씨랑 이어지는 걸 지
지하는 파예요. 사장님은요?"

나는 어깨를 으쓱였다.

"모르겠군요. 찬욱이 박용준 씨가 맡은 배역이었나요?"

그러자 전예은이 신기한 동물을 발견하기라도 한 것처럼
눈을 동그랗게 떴다.

"어머, 사장님. 설마 드라마 안 보셨어요?"

그 눈에는 심지어 다른 사람도 아니고 자신의 여배우가 드
라마 주연으로 출연하는 소속사 사장이면서, 하는 힐난마저
묻어나는 듯해 나는 괜히 속이 뜨끔했다.

'아니, 그도 그럴 것이 이미 결말도 다 알고 있는데 굳
이…….'

하지만 그런 변명을 할 수는 없었으므로, 나는 입에서 나
오는 대로 둘러댔다.

"뭐, 실은 이래저래 바빴……."

변명을 하려다 보니 주말 드라마까지 못 챙겨 볼 만큼 바
빴단 어필이 이 상황에서는 되레 내 목을 죄는 것 같아서, 나
는 얼른 말을 고쳤다.

"집이 엄…….."

집이 엄해서 드라마를 못 본다는 것도 말이 안 되는 것이, 전생에는 이 드라마를 챙겨 보지 않았던 사모도 안형욱이 나온다는 정보를 입수하고부턴 매주 본방 사수를 하고 있었다.

'게다가 그런 거짓말을 해 봐야 전예은한테는 금방 들통 날 테고.'

그렇게 하나둘 제외하다 보니 남은 건 구차한 변명뿐이었다.

"제 취향이 아니어서요."

"세상에."

전예은이 입을 틀어막았다.

"어떻게 그럴 수가 있죠?"

그녀는 마치 있을 수 없는 일이라는 듯 놀랐다.

"……그래도 아름 씨가 나오는 4화까지는 봤습니다."

그것도 딱히 보려고 본 게 아니라, 사모의 손에 이끌려 강제 시청을 한 것인 데다가 주의 깊게 본 것은 아니지만.

'그래도 그 부분만큼은 배역이 바뀐 만큼 다른 맛이 있었지.'

전생의 드라마에서는 지금 주연을 맡은 김승연, 최종수, 박용준이 고등학생 연기를 하는 것으로 과거 편을 때웠는데, 솔직히 다 큰 어른이—특히 유부남이기까지 한 최종수가—미성년자 연기를 하는 것이 당시 내 눈에도 못내 어색했던 것이다.

'그런 만큼 대놓고 아역을 앞세운 이번 생의 드라마는 조금 더 자연스러운 맛은 있었어.'

하지만 자연스럽다 뿐이지, 나는 어째 다른 배우들이 윤아름의 역량을 따라오지 못하는 것 같단 느낌을 받았다.

'특히 안형욱은 두말할 것도 없고.'

원래 안형욱이 맡기로 했던 배역의 주인인 임현철도 업계에선 조연으로 꽤 잔뼈가 굵은 베테랑이긴 하나, 아무래도 안형욱에 비할 바는 아니었다.

어릴 때부터 천재 소리를 들으며 연기 활동을 시작했던 안형욱의 연기는 장성하고도 평가가 변하질 않았고, 이번에는 그가 평소 풍기던 신사적인 이미지가 아닌 서민적인 아버지 느낌을 잘 살려 내면서 조연임에도 불구하고 그 커리어에 또 한 획을 그었다.

그러다 보니 개중에는 아무리 구성상 필요하다지만 안형욱의 조기 하차가 못내 아쉽다는 사람도 있었다는 모양이고, 우리 집에서도 안형욱이 죽는 장면에서 사모가 눈물을 펑펑 쏟아 내는 바람에 뭣 모르는 아이들도 사모를 따라 엉엉 울어 멜 정도였다.

'그러니 안형욱이 신비주의 노선을 걸으며 일체의 대외활동을 하지 않음에도 다들 그렇게나 그를 찾는 모양이지. ……정작 나로서는 큰마음 먹고 내보낸 윤아름이 안형욱의

화제성에 묻히고 만 기분이라 입안이 조금 쓰긴 하지만.'

어쨌건 그런 안형욱의 혁혁한 공로 덕에 드라마는 어쩌면 전생보다 더 큰 화제를 끌며 안방극장을 사로잡고 있는 것일지도 모르겠다.

내 말을 들은 전예은은 한숨을 푹 내쉬며 고개를 저었다.

"저는 어떻게 그 4화를 보고서도 사장님께서 다음 편을 보지 않을 수 있는지가 신기할 지경이에요."

그야, 그다음은 별로 달라진 게 없었으니까…….

'당시에는 J&S컴퍼니 사업 발표 준비로 바쁘기도 했고.'

전예은이 말을 이었다.

"아무튼 꼭 보세요. 아니 오늘 집에서 푹 쉬면서 보시면 이번 주말까지 따라 잡을 수 있을 거예요. 비디오 받은 거 있죠? 아니면 지금 SJ엔터테인먼트에 연락해서 받아 올까요?"

말이 빨라지는 전예은은 왠지 사이비 종교를 권하는 열설 신도 같다.

"……아뇨, 괜찮습니다. 집에 어머니가 비디오테이프로 녹화해 두신 게 있어서."

이렇게 된 이상 본 척은 해야겠군.

'내가 몸담았던 전생의 근 미래 시절처럼 1.x 배속 동영상 기능이 있으면 좋겠지만, 이 시대에 그런 걸 기대하는 건 욕심이 과하겠지.'

내 말에 전예은이 흐뭇한 미소를 지었다.

"사장님 댁에서는 녹화까지 해 가며 보시나 보네요?"

왜 기뻐하는 건데?

"예, 뭐. 어머니가 안형욱의 팬이어서요."

"대표님께서요?"

"예, 대표님께서요."

SJ컴퍼니의 실질적 경영주이자 사장은 나지만, 대표는 여전히 사모의 명의로 되어 있었다.

그리고 나는 여기서 전예은에게 처음 이 이야기를 꺼냈던 의도의 질문을 던질 타이밍이라 생각하며 말을 이었다.

"그러고 보니 예은 씨, 혹시 안형욱 씨랑 만나 본 적 있나요?"

전예은은 촬영 초창기 천희수와 함께 촬영 현장을 들락거리기도 했으니, 어쩌면 알지 않을까 싶어서 물어본 것이었는데.

"아뇨."

전예은이 고개를 저었다.

"그도 그럴 게 안형욱 씨는 아름 씨랑 현장이 겹치는 일도 없었고…… 또, 들으니 안형욱 씨는 촬영 때가 아니면 대기실에서 나오시질 않는대요."

"그래요?"

"네. 집중을 해야 한다던가…… 아, 그쪽 관계자께 부탁해서 사인은 받아 뒀는데요."

"괜찮습니다. 안형욱 씨 사인은 저도 이미 있거든요."

정확히는 내가 아니라 사모에게 있지만.

'나는 딱히 그런 건 원하지도 않고.'

안형욱의 사인이라면 언젠가 그가 〈먼나라 이웃사촌〉의 특별 게스트 MC로 나왔을 때 받아 둔 것이 있었다.

'끙, 이럴 줄 알았으면 그때 스튜디오로 구경이라도 가서 만나 보는 거였는데.'

당시에는 그와 김승연의 관계에 대해서도 몰랐을 뿐더러, (사모가 팬이긴 하지만)나와 무관계한 인물이라 생각했던 것이 패착이었다.

전예은이 내게 조심스럽게 물었다.

"저…… 그런데 그건 왜 물어보신 건가요?"

아마 그녀는 내가 안형욱과 김승연 사이의 관계를 모른다고 여기는 듯했다.

'전예은도 어느새 묻지 않으면 먼저 말하지 않는다는 암묵적 룰을 체화해 받아들인 모양이군.'

나는 담담히 대꾸했다.

"그야, 승연 씨의 아버님이시니까요. 인사라도 드려야 하나 싶어서."

내 말에 전예은은 눈을 동그랗게 떴다가 쓴웃음을 지었다.

"알고 계셨어요?"

"예. 승연 씨에게 들있습니다."

그것도 첫 만남 때.

"비록 사이는 별로 좋아 보이지 않았지만요."

"……네."

"그렇기는 해도 평생 얼굴도 안 볼 사이로 둘 수도 없는 일 아니겠습니까? 심지어 언제 만나게 될지 모를 같은 업계 사람끼리……. 그래서 저라도 교두보가 될 수 있다면 두 사람이 화해하는 자리를 만들어 볼까 했거든요."

입에 발린 말이지만, 어느 정도는 본심이기도 했다.

'예나 지금이나 안형욱은 진짜배기였어. 작품 고르는 데 까다로워서 활동이 많지는 않지만, 했다 하면 다들 괜찮은 작품만을 해 오기도 했고.'

게다가 이번 드라마 출연 때도 윤아름을 콕 짚어 캐스팅을 요청하며 출연 여부를 결정했으니, 우리 소속사에 마음이 없지는 않으리라.

'이번 생에도 안형욱은 하늘의 별이라고 생각해 손에 넣는 걸 포기했지만, 이번에는 잘만 하면…… 혹시 알아?'

그런 내 속을 알 리가 없는 전예은이 볼을 긁적이곤 내게 헤 웃어 보였다.

"과연 사장님이세요. 그런 생각을 하고 계셨군요."

"뭐, 지금으로서는 힘들어 보이긴 하지만요."

"네, 저도 지금 당장은 두 분이 화해하기 힘들 거 같단 생각이 들어요."

전예은은 안형욱을 향한 김승연의 원망의 형태가 어떤지 나보다 더 잘 알고 있을 것이다.

"하지만 시도는 해 볼 만하다고 생각해요. 안형욱 씨에 대해서는 잘 모르지만, 승연 언니는 그래도 조금 아니까요."

전예은도 그게 선의(?)의 목적을 띠고 있다면, 자신의 능력을 활용하는 데에 거리낌이 없어진다.

"그렇군요. 그렇다면 구체적으로는 어떤 식으로?"

"음, 제 생각에는요……."

3장

전예은과 떠드는 사이 주치의가 찾아와 내 검진을 마쳤다.

"별 이상은 없어 보이는걸."

주치의 최 박사는 그렇게 말하며 내 어깨를 툭 쳤다.

"그래도 좀 쉬엄쉬엄해. 어제도 뭔가 한 건 했다면서?"

장안의 화제인 만큼, 최 박사도 J&S컴퍼니 건을 알고 있었
다.

"하하, 네."

"그거 꽤 오래 끈 일이지? 나는 아마 긴장이 풀리면서 그
반동이 온 모양이라고 생각하거든."

"그런가요?"

"음. 큰 시험을 마치고 며칠간 앓아눕는다거나 하는 경우

는 흔하게 있으니까 말이야."

최 박사는 일순간 내 컨디션이 나빠졌던 원인을 J&S컴퍼니 건이 일단락되며 생긴 일이라고 보는 모양이었다.

'즉, 그로서도 딱히 원인을 알지 못한다는 말이나 다름없군.'

곁에 있던 전예은이 조심스럽게 물었다.

"저, 선생님. 그러면 사장님은 괜찮으신 건가요?"

"그렇게 봐도 좋아."

최 박사가 나를 보았다.

"그렇긴 하지만 성진이 너도 한동안 무리는 하지 말고……. 혹시 상태가 더 나빠질 거 같으면 곧바로 연락해."

"예, 선생님."

최 박사는 왕진 가방을 주섬주섬 챙기며 내게 툭 물었다.

"아, 그 애는 어때?"

최 박사가 물은 '그 애'라고 함은…….

"크리스 말인가요?"

"그래, 그런 이름이었지."

크리스는 며칠 전 우리 집에서 저녁을 먹다가 갑자기 두통을 호소하곤 그대로 기절을 해 버렸던 적이 있었는데, 그때 크리스를 1차 진단했던 것이 주치의인 최 박사였다.

"그 애는 별문제 없고?"

너무 건강해서 탈이지.

'지금도 내 돈을 펑펑 써 가며 음모를 꾸미는 중이고.'

한편 크리스가 우리 주치의의 신세를 진 적이 있다는 말에 전예은은 움찔했지만, 나는 그걸 모른 체하며 최 박사의 말을 받았다.

"잘 지내고 있어요. 다음 날 정밀 검사를 하고도 이상을 찾아내지 못했고요."

"그렇다니 다행이군. 너나 크리스 같은 애들은 종종 몸에 피로가 누적된 걸 모르고 넘어가는 경우가 많으니까, 그 점만 유의하면 될 거야."

최 박사가 왕진 가방을 간호사에게 맡기곤 몸을 일으켰다.

"그럼 가 볼게."

"아, 네. 바래다드릴……."

"됐으니까 몸이나 챙겨. 그럼."

전예은이 사장실 입구까지 쪼르르 달려가 최 박사를 배웅했다.

"살펴 가세요."

주치의가 나가고, 나는 소파에서 몸을 일으켰다.

"들었죠? 최 박사님도 별문제 없다고 했으니까 오늘 저녁은 예정대로 이철희 CEO님을 뵙는 걸로 해 주세요."

"사장님."

전예은이 미간을 찌푸렸다.

"제가 옆에서 듣기로는 '쉬엄쉬엄'하시란 것으로 들렸는데요?"

"그러니까 쉬엄쉬엄 가볍게 저녁 식사를 들기로 한 거잖아
요?"

돌아와서 잔업을 하겠다는 것도 아니고.

더불어, 여기서는 조금 강하게 말할 필요가 있다고 생각했
다.

"뭐, 말은 그렇게 했습니다만."

나는 어조를 조금 진지하게 고쳐 말을 이었다.

"이 일은 조광 측에서도 부담이 큰일입니다. 이제 막 신임
한 CEO이니 이모저모 바쁜 일이 많겠죠. 이철희 CEO님은
그 중요한 시간을 내서 저를 만나고자 하는 겁니다."

"……."

"그러니 이쪽에서도 그에 걸맞은 성의를 보여야죠. 더군다
나 다른 곳도 아닌 조광의 CEO이니, 그분도 제게 따로 물어
보고 싶은 것이 많을 거라고 생각합니다."

그래, 만사 제쳐 두고 우선순위에 나를 만나는 것을 놓을
정도로.

'그건 나 또한 마찬가지야.'

J&S컴퍼니 건은, 그 가치를 아는 사람에게는 뒤통수를 한
대 맞은 충격을 선사할 만한 사업이다.

그리고 이철희는 분명, 그 가치를 알아보는 사람 중 하나.

'여기서 이철희가 J&S컴퍼니의 경영권에 간섭하려 들거나

빼앗아 오려고 한다면…….'

나는 나대로 수단을 강구할 예정이었다.

'그렇게까지 극단적인 상황은 나도 바라지 않지만.'

이 건은 심지어 안기부까지 엮인 일이다.

여기서 이철희가 눈치 없이(?) 개입한다면, 별로 재밌는 일은 아니게 될 터.

'정 뭣하면 일단 덮어 두기로 한 신진물산 건을 들춰서라도…….'

전예은의 큰 한숨 소리가 들렸다.

"정말……."

전예은은 결국 두 손을 들었다.

"알겠습니다. 그러면 오늘은 이철희 CEO님과 식사만 하고 곧바로 퇴근해 주세요."

"그럼요."

내 나이에 거래처와 2차를 갈 리도 없고 말이야.

'이철희가 그런 걸 좋아할 인물이란 생각은 들지 않지만.'

전예은이 내게 슬쩍 물었다.

"그런데 사장님, 크리스도 최 박사님께 검진을 받았었나요?"

"아, 네. 저번에 저희 집에서 크리스가 묵고 갔던 날 일입니다만, 별일 아니었습니다."

전예은이 크리스를 아낀다는 걸 아는 나는 그런 식으로 말했다.

"다음 날은커녕, 최 박사님이 도착하셨을 땐 이미 멀쩡하더군요."

"……네."

대답은 곧잘 했지만, 전예은은 어딘지 석연치 않다는 듯한 얼굴을 하고 있어서 나는 대답을 더했다.

"아까 말한 대로 다음 날 삼광병원에서 종합 검진도 받았고요. 아무래도 뒤늦게 여독의 반동이 왔던 모양이에요."

"그렇다면 다행이고요……."

전예은이 또 한 번 한숨을 내쉬었다.

"크리스나 사장님을 뵐 때면 종종 나이를 잊고 있는 것 같은 느낌이 들고는 해요."

그 말에 나는 괜히 속이 뜨끔했다.

"그래요?"

"네. 사장님은 처음 뵐 때부터 그랬지만…… 가만 보면 크리스도 노는 일에 '아주' 열정적이거든요."

전예은이 쓴웃음을 지었다.

"고아원에서도 소풍이나 행사 다음 날이 되면 꼭 앓아눕는 아이들이 한두 명씩 있고는 했어요. 사장님이나 크리스를 볼 때면 왠지 그때 생각이 나서……."

중얼거리듯 말하던 전예은은 아차 하며 허둥지둥 말을 이었다.

"아, 오해하지 마세요. 그렇다고 사장님을 애 취급하려는 건 아니에요."

"뭘요. 애 맞는데요."

"그, 그런가요."

보통 이럴 때는 애 취급 받은 상대가 '애 아니야!' 하고 버럭 화를 내는 모양이라, 전예은은 내가 아직 애라는 사실을 순순히 인정하는 것에 멋쩍게 웃었다.

'아직도 나를 파악하지 못한 건가.'

뭐, 전예은에게는 내게 다른 의미에서의 선입견이 있을 테니까.

"그 대신이라기에는 뭣하지만."

나는 전예은을 보며 말했다.

"안형욱 씨와 김승연 씨 건은 예은 씨가 맡아서 해 보겠어요?"

"제가요?"

"네. 어떤 의미에서는 예은 씨야말로 가장 적합한 인재라고 생각하는데요. 어때요?"

전예은은 내 말에 곰곰이 생각하다가 머리를 긁적였다.

"그다지 자신은 없지만…… 사장님께서 믿고 맡겨 주신 만큼 어디 한번 해 보겠습니다."

어째, 전예은답지 않게 자신감이 부족한 느낌이었다.

'저렇게 보여도 할 수 있는 일에는 서슴없이 나서는 성격인

데 말이야.'

나는 말이 나온 김에 물어보기로 했다.

"왜요, 어려울 것 같습니까?"

뭐, 김승연이 괴팍하다는 이야기는 내게도 간간이 보고가 올라올 정도이기는 하지만, 그런 사람 구워삶는 건 전예은의 특기 아닌가.

"으음…… 그게 말이죠."

우물쭈물하던 전예은이 대답했다.

"실은, 승연 씨는 저 같은 건 별로 안중에도 없거든요."

"네?"

"아, 그렇다고 승연 씨가 저를 무시한다거나 얕잡아 본다는 의미는 아니에요. 뭐라고 할까……."

전예은은 내가 오해하지 않도록 속으로 신중히 표현을 골라 말을 이었다.

"제가 본 바로, 승연 씨에게 사람은 크게 두 부류로 나뉘어요."

"두 부류?"

"네. 보이는 사람과 보이지 않는 사람……이라고 할까요?"

비유치고는 기묘한 표현이었다.

"비유가 아니라 말 그대로예요. 승연 씨에게는 일종의 안면인식장애가 있거든요."

"예?"

그 말에는 나도 다소 놀랐다.

'김승연에게 안면인식장애가 있다고? 그건 이번 생에 들어서 처음 들어 보는 말이군.'

내가 당황하는 사이 전예은이 쓴웃음을 지으며 말을 이었다.

"자존심 강한 승연 씨가 남들 앞에서 이걸 말할 리도 없고, 승연 씨가 그렇다는 건 아마 저 정도만 알고 있을 거예요."

그러고 보니 어느 유명 할리우드 배우도 뒤늦게 그런 사실을 대중에게 밝혀 꽤 화제가 됐던 일이 있었다.

'그래서 사람들이 자신에 대해 건방지다는 식의 오해를 하고는 했댔나.'

전예은이 내 눈치를 살피며 말을 이었다.

"물론 저도 전문가는 아닌 데다가 승연 씨를…… 만나 보고서 조금 알게 된 거지만요."

그렇다고 하니 조금, 이해가 가는 부분이 있었다.

'김승연은 커리어가 위태로울 때조차 예능 방송은 물론이거니와 어느 정도는 굽혀야 살아남을 수 있는 바닥임에도 불구하고 흔히 있는 종파티에도 얼굴을 비추질 않았지.'

그뿐이라면 그저 '까다로운 성격'이라는 식으로 퉁 치고 넘어갈 수도 있겠지만, 김승연은 저런 성격임에도—음주운전 등 물의를 빚던 경우를 제외하면—사생활 하나는 깨끗했다.

'그 괴팍한 성격도 그래서 그런 거였다고 하면, 이해는 가.

다만 그럴 경우 조금 걸리는 게 있는걸.'

나는 혹시나, 하고 생각하며 전예은에게 물었다.

"방금 예은 씨가 승연 씨에게는 '보이는 사람'과 '보이지 않는 사람' 두 부류가 있다고 말씀하셨는데, 저는 보이는 쪽인 겁니까?"

"아마도요."

전예은이 강하게 확신하지는 못하는 투로 대답했다.

"저는…… 승연 씨가 사장님을 좋아하는 것도 그런 이유일 거라고 생각하거든요."

"흠."

김승연이 내게 묘하게 치근덕거린다는 느낌을 받았던 건, '보이는' 내게 일종의 반가움을 투사한 모양이다.

'더군다나 초면의 상대인 나에게 안형욱이 친부라는 커밍아웃까지 했고 말이야.'

나는 생각한 김에 물었다.

"반면 예은 씨는 승연 씨에게 '보이지 않는' 쪽인가 보군요?"

"네. 그래서 저는 승연 씨를 그날 처음 뵐 때마다 꼬박꼬박 제 소개를 해요. 그러면 승연 씨도 그날의 제 복장이며 인상착의를 기억하고는 제 이름을 불러 주시거든요."

"섬세하군요."

"승연 씨도 바라서 그렇게 된 건 아니니까요. 또, 제가 승연 씨에게 보이지 않는 것과 별개로 저라는 존재를 좋게 생각해 주시거든요. 아마 제가 고아라는 점에서 남에게 말 못할 동질감을 느낀 것이지만요."

거, 객관적이다 못해 냉정할 정도의 자기평가로군.

'게다가 어린 나이에 일을 시작했다는 점도 한몫했겠지.'

다른 사람도 아니고 전예은의 다른 사람 본 자신에 대한 평가이니, 그 누구보다 정확할 것이다.

아무튼, 그래서 김승연도 회사 내의 소모임 정도는 참석하지만, 그 숫자가 어느 정도 이상이 되면 그런 자리에 참석하지 않는 것이리라.

'그렇다고는 해도 성격까지 괴팍할 필요는 없지 않나 싶다만…….'

혹시 윤아름을 케어하는 것도 윤아름이 '보이는' 부류여서?

내 질문에 전예은은 고개를 저었다.

"아뇨, 그건 아니에요. 승연 씨에겐 아름 양도 '보이지 않는' 부류거든요. 아름 양을 잘 챙겨 주시는 건, 그냥 아름 양이 개인적으로 마음에 들어서인 것 같아요."

생각해보니 김승연은 윤아름과 처음 만난 자리에서 시비를 걸듯 말했다.

「근네 니, 선배한테 인사는 안 하니?」

당시엔 선배로서 후배인 윤아름에게 기 싸움을 건 것이라고 생각했지만 그것도 지금 와서 보면, 자신의 장애를 감추며 그 순간의 인상착의를 머릿속에 넣어 두기 위한 일종의 허세였던 모양이다.

'그런 식으로 나가다 여기저기서 오해가 쌓이다가 종국엔 싸가지 없고 건방지다는 식의 낙인이 찍힌 걸 테고……. 김승연도 고생이 많군.'

또, 자존심이 강하고 경계심이 남다른 김승연은 남에게 자신의 약점을 밝힐 생각도 하지 않았을 것이다.

'그 일을 두고 마냥 자업자득이라고 해 버리는 건 오만한 짓이지. 사람의 성격이란 환경의 영향을 받기 마련이니까.'

문득, 다른 방향으로 생각이 이어졌다.

'음? 혹시 안형욱도 그런 건 아닐까?'

따지고 보면 안형욱도 묘하게 사생활이 깨끗한 데다가 어지간한 일이 아니면 연기 활동 외에 다른 활동을 하지 않는 편이었다.

'그런 것도 유전이 되는 거려나? 아니 뭐, 그건 만나 봐야 알 일이지만…….'

만나 본 적도 없는 사람에 대한 추측은 자칫 억측 섞인 선입견으로 이어질 수 있으니 관두기로 하자.

나는 잠시 생각하다가 고개를 끄덕였다.

"그렇다고 하니 추후 승연 씨 스케줄에 그런 점도 반영을 해야 할 것 같군요. 다른 사람에게는 그걸 어떻게 전해야 할지 아직 감이 오지는 않지만요."

"네, 사장님."

그렇다고 남들에게 전예은의 초능력을 밝힐 수도 없고 말이야.

김승연에 대해 일단은 '그런 성격'인 걸로 하고, 이를 감안해 스케줄을 조금씩 조율해 나가기로 하자.

'그나저나 그 선택적 안면인식장애에 뭔가 기준이 있는 걸까? 이를테면 전생자의 얼굴만을 알아본다거나 하는……'

이왕이면 그런, 내게 편의적인 거면 좋겠는데 말이야.

나는 되도록 설렁설렁 일하기로 전예은과 약속을 한 뒤에야 혼자만의 시간을 가질 수 있었다.

'나 참, 부하에게 설렁설렁 일하기로 약속하고 몰래 일을 하는 사장이라니.'

사정을 모르는 사람이 보면 제정신이 아니라고 말할 일이었다.

'아니 사정을 알아도 이해는 못 할 거 같은데.'

나는 한숨을 내쉬며 화면 보호기가 떠올라 있는 모니터에 비밀번호를 입력, 윈도우 화면을 띄웠다.

'그래 봐야 어차피 당장은 내가 할 만한 일도 별로 없는걸.'

때마침 사업이 궤도에 올라 어느 정도 관성만으로도 굴러갈 상황을 만들어 두기는 했으나, 곽성훈을 영입하고 난 뒤부터 내가 할 일은 대폭 줄어든 상황이었다.

김민혁의 대타로 들어오기는 했으나, 곽성훈의 능력은 명불허전이었다.

그는 특유의 사교술을 앞세워 대외 영업 활동을 이어 갔고, 어지간한 일은 곽성훈 선에서 처리되며 나는 그 사후 보고 정도만을 받아 보는 수순에서 대부분의 일이 끝났다.

'뭐, 그 덕에 J&S컴퍼니 건에 집중할 수 있었던 것도 있지만.'

단점이라면 그가 언젠가는 떠나갈 사람이라는 것과 경쟁사인 금일 그룹 혈통이라는 점일까.

그 탓에 곽성훈을 좋지 않게 보는 이도 더러 있었지만, 그 시선도 곽성훈의 사교술을 체험하고 난 뒤부턴 쏙 들어가 버리고 말았으니 곽성훈도 인물은 인물이라고 하겠다.

'그래도 있는 동안은 단물을 쏙 빨아먹어 줘야지.'

오늘만 하더라도 그는 여기저기 협력 업체에 얼굴을 비추느라 회사에 부재중이었는데, 이럴 거면 차라리 회사 명의로 그 전용 차량을 한 대 마련해도 좋지 않을까, 생각할 정도였다.

'그도 그렇게 앞으론 더 바빠질 테고, 여기에 J&S컴퍼니 건까지 엮이기 시작하면 지방 출장도 고려를 해야 할 테니까.'

그런 지원을 고려하는 다른 한편으론 회사가 곽성훈 개인에게 지나치게 의존하는 일도 줄여야 할 거란 생각도 들었다.

'크리스의 이야기를 들어서 그런지, 어째 요즘 들어서는 곽성훈이 혹시 전생자는 아닐까 하는 생각도 든단 말이야.'

……뭐, 그는 이미 전생에서부터 두각을 나타낸 바 있는 인물이니 설마 그럴 리야 없겠지만.

'오히려 그런 쪽으로 생각하면 곽성훈보다는 최서연이 더 그럴 가능성이 높아.'

최서연이 새마음아동복지재단을 인수한 건, 박상대가 그 전에 저지른 비위와 유착을 덮어 두기 위함이라는 내 생각은 변하지 않았다.

'내게도 나쁘지 않은 이야기고, 그 자체는 좋은 거래였지.'

하지만 그런 이유라면 그녀가 재단 관련한 일을 조용히 넘겨도 부족할 판에 굳이 '비공식적인' 스케줄을 짜 넣어 장여옥을 끌어들인 것에 의문이 남는다.

'그걸로 돈벌이를 해 보려 하는 건가? 하지만 그 자금 흐름 내역 보고는 여전히 투자자인 내게도 들어오는데……. 그런 그녀가 일부러 내게 책잡힐 만한 일을 벌일 거라는 생각은 들지 않아.'

장여옥의 방한부터가 전생에 없던 일이고, 아무리 잘나가는 스타라지만 장여옥이 최서연과 손잡고 한국에서 무언가 일을 저지를 수 있으리란 생각도 들지 않는다.

'뭐, 그러는 나도 정작 요한의 집에서 최서연을 만났을 땐

별다른 항의 한마디 하지 못했지만.'

아무리 나라도 그런 자리에서 최서연에게 '왜 장여옥이 먹지 못하는 달걀 요리를 주방장에게 추천했습니까?' 하며 대놓고 물을 수는 없는지라, 그곳에서도 나는 가만히 그들의 동태를 살피기만 할 뿐이었다.

'장여옥을 만난 일은 나쁘지 않았지. 예상 외로 사람이 얌전하고 조용하다는 것만 제외하면……'

이후 있었던 일정에서 통통 프로덕션이 보내 준 편집 비디오를 본 바 그녀는 요한의 집에서 보았을 때와 달리 그럭저럭 밝은 모습을 보여 주어서, 역시 프로는 프로구나 하는 생각을 하기도 했다.

'어쨌거나…… 의식해서 설렁설렁 일하고 자시고 할 것도 없이, 별로 살펴볼 것도 없군.'

나는 메일함을 닫고는 의자에 등을 붙였다.

이렇게 스케줄이 텅 빌 수 있는 건, 아마 내가 J&S컴퍼니 일에 집중할 수 있게끔 전예은이며 윤선희 선에서 일정을 조율한 덕도 있을 것이다.

'그렇다고는 하나 설렁설렁 일하려 하지 않았다면 없는 일을 만들어서 하려고 했을 거 같기는 해.'

세밀하게 파고들자면 내가 손대지 못할 일이 없는 것도 아니다.

이를테면 J&S컴퍼니와 관련하여 협력 업체를 손수 체크하는 일도 있을 수 있겠고, 이를테면 모회사인 삼광전자 측이 개발 중인 핸드폰 '클램2'와 관련해 몇 마디 조언을 던질 수도 있을 것이다.

이를테면 소프트웨어 검수에 손을 보탤 수도 있겠고, 또……

'이거, 하마터면 나쁜 버릇이 나올 뻔했군.'

나는 쓴웃음을 지으며 힐끗, 시계를 보았다.

'그럼 이만하면 조세화도 푹 쉬었을 테니, 슬슬 전화를 해 볼까.'

나는 핸드폰을 꺼내 조세화에게 전화를 걸었다.

이번 일에 가장 수고가 많았던 사람이라면 단연 조세화를 빼 놓고는 말할 수 없는 것이어서, 나는 요 며칠 밤잠을 설쳐 가며 사업계획서를 검토하고 PPT를 준비하던 그녀를 배려해 그간 일부러 연락을 하지 않았다.

'마침 오늘 이철희랑 식사 약속을 잡았으니, 관련해서 보고 겸 상담을 받아야지.'

뚜르르.

한참 동안 신호가 갔음에도 조세화는 전화를 받지 않았다.

'설마, 자나?'

이미 해가 중천에 뜨다 못해 일반 직장인들에겐 퇴근 시간이 더 가까울 지경인데.

'술 먹고 뻗어서 자는 것도 아닐 테고.'

혹시나 싶어 호텔에 문의하니 조세화는 어제 체크아웃을 마쳤다고 했다.

'흠, 설마 본가로 돌아갔나? 아니면 조성광이 물려준 저택에?'

얼마 전 장여옥의 방한 촬영 장소로 사용하기도 했던 조성광 저택은 이제 신화호텔 측에서 매각 절차에 들어가 도장만 찍으면 소유주가 바뀌는 단계에 이르렀지만, 아직 '방 빼'라는 말을 들은 건 아니니 조세화가 남은 시간을 그 저택에서 보내도 하자는 없다.

'뭐, 슬슬 유학 준비를 해야 할 테니 본가로 돌아갔단 가능성도 생각할 법은 하다만.'

아니면 유상훈을 만나 자신과 관련한 출생의 비밀을 들추는 중이라거나…….

'나름대로 대비를 해 두기는 했지만 조세화가 강미자에게 직접 대놓고 물어보는 쪽은 우리도 막을 길이 없긴 한데.'

강미자가 조세화에게 덜컥 '맞아, 네 친부는 조성광이란다' 하고 순순히 털어놓기라도 한다면……,

'뭐, 그것도 썩 나쁘지만은 않은 전개로 이어지겠군. 만약 그 일이 공론화된다면 나는 그걸 빌미로 J&S컴퍼니에 관한 경영권을 확고하게 뺏어올 수도 있을 테니까.'

조세화 개인은 충격을 받겠지만, 거기까진 내 알 바가 아니었다.

'어쨌거나 문자라도 남겨 둘까.'

생각하는 사이, 책상에 올려 둔 핸드폰이 울려서 나는 곧장 전화를 받았다.

"여보세요?"

─여보세요. 성진아, 혹시 전화했니?

조세화였다.

"아, 응. 지금 뭐 하나 해서."

─……호텔이야.

나는 조세화의 거짓말에 멈칫했다.

'호텔에서는 어제 이미 방을 뺐다고 했는데?'

조세화가 말을 이었다.

─깜빡 잠이 들어서 전화를 못 받았어. 미안.

나는 일단 조세화의 거짓말에 맞장구를 쳐주기로 했다.

"그랬구나. 아주 팔자가 늘어 졌는걸."

─놀리지 마. 아무튼…… 왜 전화했니? 설마 데이트 신청?

'그럴 리가 있냐'며 퉁명스럽게 쏘아 주려던 나는 조세화의 말투에서 왠지 모르게 그녀가 짐짓 밝은 척을 하려 애쓰는 것 같다고 느껴 어조를 고쳐 답했다.

"그게 아니라 보고차 전화한 거야."

─보고?

"응. 오늘 저녁에 이철희 씨랑 식사 약속이 잡혔거든."

수학기 너머로 조세화의 숨소리가 들렸다.

-그래서, 갈 거야?

"가야지. 왜, 너도 올래? 너도 당사자니까 이참에 이철희 씨랑 만나서 이야기를 나눠 보는 것도 좋을 거 같은데."

조세화는 잠시 뜸을 들인 뒤 대답했다.

-아니야. 됐어. 나한테 용건이 있었다면 내게 따로 연락이 왔겠지.

그 상식적이고 원론적인 대답에 나는 고개를 끄덕이는 한편, 어딘지 모르게 평소 조세화라면 그러지 않을 것 같다는 생각을 했다.

"그것도 그러네. 아무튼 알았어. 그러면 나중에 이철희 씨랑 무슨 이야기를 했는지 알려 줄게."

-……응.

조금 뒷맛이 찜찜하기는 했지만 그렇다고 그 찜찜한 구석에 대해 대놓고 물을 수도 없어서, 용건을 마친 김에 전화를 끊으려던 찰나였다.

-저기, 성진아!

조세화의 목소리가 나를 붙들었다.

"왜?"

-그게…… 있잖아.

조세화는 다시 말끝을 흐리더니 곧 말을 이었다.

-저기, 이철희 씨가 왜 성진이 너를 보자고 한 걸까 궁금해서.

뭘 물으려고 그랬나 했더니.

나는 싱거운 기분을 느끼며 대답했다.

"음. 우선, 별로 생각하고 싶지는 않지만 내게 J&S컴퍼니 경영에서 물러나 줄 것을 요청하는 경우를 생각할 수 있을까."

−설마 성진이 너는 이철희 씨가 그럴 거라고 생각하니?

"최악의 경우지만, 염두에는 두는 거야. 말은 그렇게 했지만 이철희 씨가 그렇게 나온다면 나는 꽤나 크게 실망하겠지."

만일 조광 측에서 합자회사인 SJ컴퍼니에게 줄 배당이 아까워 단물만 빼먹고 우리를 배제한 뒤 그 자리에 다른 경쟁사를 끼워 넣으려고 한다면, 경영자로서 이철희의 능력은 거기까지다.

J&S컴퍼니가 주주총회에서 발표한 내용이 사업으로서 성립하려면, SJ컴퍼니의 기술력이 더해져야 가능한 일이었다.

전생과 달리한다며 금일 그룹 역시 인터넷 사업에 뛰어든 상황이긴 하나 현 시점 대한민국에서 네트워크 기술을 선도하고 있는 건 SJ컴퍼니와 그 관계사라고 할 수 있다.

만일 눈앞의 이익에 눈이 멀어 SJ컴퍼니를 배제하고자 한다면 SJ컴퍼니 역시 조광이 아닌 다른 회사를 향해 손을 뻗을 준비가 되어 있었다.

'막말로 당장 S&S를 끼워서 일을 진행해도 사업을 어느 정도 궤도에 올릴 자신이 있으니까.'

하지만 나는 주주총회 자리에서 본 이철희가 그 정도로 식견이 좁은 인물이란 생각은 들지 않는다.

'더군다나 이미 발표도 끝난 마당에 손바닥 뒤집듯 거래처를 변경한다면, 기업으로서 신용도는 바닥을 치겠지.

뭐, 그가 일부러 조광의 주가를 떨어트려서 돈이나 먹고 꺼지겠단 심보라면 그럴 수도 있다는 의미였다.

"일단 그렇게 말은 꺼냈지만, 그럴 가능성은 낮아. 이철희 씨도 가능하면 J&S컴퍼니를 활용하려 할 거고, 설령 경영권 문제로 걸고넘어지더라도 당장은 실행에 옮기지 않겠지. 그렇더라도 최소한 사업이 어느 정도 궤도에 오른 뒤가 될 거야."

ㅡ……그쪽으로는 별로 생각하고 싶지 않네.

"나도 그래."

비록 조광의 CEO에 선출되었다고는 하나, 이철희는 어디까지나 고용 CEO, 조광 그룹 이사회의 의향에 좌지우지될 인물이다.

설령 그 본의는 그게 아니더라도 이사회가 요구한다면 따를 수밖에 없으리라.

비합리적인 선택은 어느 개인의 독단에서만 나오는 게 아니니까.

뭐, 그때 가서 조광이 내게 시비를 걸어오더라도 거기까지 가면 나 또한 그에 맞춘 대응 준비를 마쳐 둔 상황일 테니 별로 걱정할 것은 없지만.

"좀 더 가능성이 높은 거라면 사업을 현 상태 그대로 유지하되…… 세화 네 지분을 제하는 쪽으로 이야기를 진행하려는 거려나?"

−내 지분을?

"응. 오히려 나는 하고자 한다면 그쪽으로 가지 않을까, 생각하고 있어."

이철희가 어떤 식으로 조광의 CEO로 물망에 오르고, 그 신임 과정에 어느 협의가 오갔는지는 아직 모르지만, 한 가지 분명한 건 그가 가진 영향력이 선대 회장인 조성광이나 차기 회장직으로 내정되어 있던 조설훈처럼 회사를 장악할 수준은 아닐 거란 점이었다.

그 과정에 이철희는 이사회 중진들에게—명시적으로나 묵시적으로나—그럴듯한 당근을 흔들어 보였을 것이다.

'그리고 이사회를 설득할 당근으로 내놓을 가장 그럴듯한 건, 조광을 더 이상 조씨 일가 체재가 아닌 지금 도입한 고용 CEO 체제가 먼 훗날까지 이어지도록 하는 것이겠지.'

이 시대 대한민국 재벌 그룹이 대부분 그러하듯, 조광 그룹은 창립자인 조성광을 필두로 한 조씨 가문이 오너 체제를 이어 가는 것으로 성립되었다.

하지만 현재 조씨 일가에 남아 있는 사람 중 그나마 영향력을 행사할 수 있는 사람이라고는 조세화가 고작.

그마저도 조세화가 조성광의 유산 일부를 떼어 받았기 때문인 것으로, 다른 때 같으면 이사회도 '조씨 오너 체제는 여기서 끝'났다고 판단하고도 남았으리라(조세광이나 조지훈의 자녀가 있지 않느냐는 반문에 대해선, 조세광은 아마도 재계로 복귀할 일이 없을 것이며, 조지훈의 자녀는 아직 너무 어릴 뿐만 아니라 애당초 '명분'에서 부족하단 것으로 제외한다).

그러나 조세화는 저번 임시주주총회에서 나이에 걸맞지 않은 역량을 보여 주었다.

그러니 조세화의 능력을 확인한 이사회 입장에서는 그녀를 경계할 여지가 다분했고, 좀 더 나아가면 조세화가 경영에 개입할 의사를 비친 것이라 생각할 가능성도 내다볼 수 있었다.

따라서 이사회는 설령 지금 당장은 조세화가 경영에 개입하지 않더라도, 조광이 다시금 조씨 일가의 손에 들어가지 않도록 미리 그 싹을 잘라 두어야 한단 꿍꿍이로 통합되어 있으리라.

'그나저나 조광의 이사회 영감들은 천년만년 임원을 할 생각이기라도 한 걸까.'

당장 내년에 무슨 일이 벌어질지도 모르면서, 자신과 관련한 부분에서는 낙관적인 전망을 내놓곤 하는 것이 필부의 숙명이리라.

'뭐, 나도 남 말 할 처지는 아니지만.'

즉, 이사회는 이번에 이철희를 앞세워 J&S컴퍼니의 공동 경영자인 나를 구워삶아 볼 생각일 것이다.

내 설명을 들은 조세화는 전화기 너머 한동안 침묵을 유지하다가 입을 뗐다.

—그러면 이철희 씨는 성진이 너한테 어떤 식의 제안을 할 거라고 생각해?

"그야 모르지."

나는 보는 사람이 없음에도 습관적으로 어깨를 으쓱였다.

"하지만 걱정할 거 없어. 나는 네 편이니까."

—……응.

왠지 조세화가 안도의 미소를 짓고 있는 것이 보지 않고도 눈에 선했다.

그리고 방금은 빈말이 아니다.

나는 이철희가 어떤 제안을 던지건, 조세화를 내칠 생각이 없으니까.

'지금 그런 미끼를 덥석 물어봐야 결국 황금알을 낳는 거위 배를 가르는 거나 진배없는 일이거든.'

조세화는 장래 어떤 형태로든 조광으로 복귀할 것이고, 나는 그때 조세화가 조광을 장악할 수 있게끔 이미 구봉팔을 비롯한 밑밥을 깔아 두고 있다.

"그러니까 걱정할 거 없어. 아, 정 뭣하면 너도 그 자리에……."

—아니야.

조세화가 거절했다.

—이철희 씨에게 그런 꿍꿍이가 있다면 오히려 내가 나가지 않는 게

더 유리할 거 같아. 이런 상황에 괜히 너랑 내가 사적으로 친해서 성진이 네가 나를 저버리지 않는다는 신호를 보내면 저쪽이 되레 너를 경계할지도 모른단 생각이 들거든.

호오, 거기까지 생각하다니.

조세화가 경영에 자질이 있다는 건 진즉 알고 있었지만, 벌써부터 그 정도로 생각할 수 있으리란 점에는 나도 감탄했다.

'혹시 조세화도 그녀 나름대로 성장한 건가.'

자리가 사람을 만드는 법이라고도 하고.

─그러면 성진아, 그 대신이라고 하는 건 아니지만…… 부탁 하나 해도 될까?

"뭔데?"

─응, 만약 이철희 씨가 너를 만나려 한 목적이 그런 거라면, 오히려 맞장구를 쳐주면 좋겠어.

나는 조세화의 말에 조금 얼떨떨한 기분이 됐다.

"……즉, 너를 배신하란 말이야?"

─응. 차라리 이사회에서 보기엔 네가 나를 배제하고 J&S컴퍼니를 경영하는 것처럼 보이게 만들어 줬으면 해.

그거야 어려울 거 없지만, 조세화도 사람을 너무 믿는 거 아닌가.

막말로 내가 이철희랑 짜고 조세화에게서 J&S컴퍼니의 경영권을 전부 빼앗아 온다면, 조세화에게는 남는 것이 없다.

"……그야, 하려면 할 수는 있지만 괜찮겠어?"

―다른 사람이 아니라 성진이 너니까 믿고 맡기는 거야. 해 줄 수 있겠니?

"……."

그렇게까지 나를 믿는다고 하니, 기분이 나쁘지는 않지만…….

'상황을 믿는 게 아니라 나를 믿는다는 게 좀 그렇군.'

인간적으로는 어떨지 모르지만 경영자로서는 좀 그렇지 않나.

그래도 뭐, 나로서는 나쁘지 않은 제안이다.

어쩌면 나도 거기선 이철희의 꾐에 넘어간 척하고 조세화를 설득해야 할지도 모르고, 그에 앞서서 조세화의 승인을 얻은 것으로 치자.

"알았어. 그러면 그렇게 할게."

―고마워.

"물론 어디까지나 그런 일이 생긴다면 말이지만."

―응. 아, 그리고…….

조세화는 내게 무어라 말을 이으려다가 하려던 말을 삼켰다.

―미안. 이만 끊어야 할 거 같아.

"바빠?"

―으응. 조금…….

나는 조세화가 내게 호텔에 있다는 거짓말을 한 것부터 뭔가 켕기기는 했지만, 일단 모른 척하기로 했다.

"알았어. 그러면…… 또 보자."

ㅡ응. 또…… 보자.

어째, 작별 인사치고는 평소와 다른 느낌이군.

조세화와 통화를 마친 뒤, 나는 의자에 기대어 곰곰이 생각했다.

'혹시, 강미자가 이미 개입하고 있는 건가?'

만일 크리스의 가설처럼 이철희가 강미자 측 인물이라고 한다면, 조세화도 이미 이철희가 어떤 인간인지 알고 있을 공산이 컸다.

'그런데 강미자는 왜 조세화의 편을 들지 않고……. 설마 조광 그룹이 아사리판이 나서 쪼개지는 게 강미자의 계획인가?'

강미자가 조광을 자신의 손아귀에 넣는 것이 목적이라면, 그녀가 이철희를 앞세워 이사회를 구워삶았을 것이란 가설에도 힘이 실린다.

'다만 그녀가 그렇게 한다면 그 이유를 모르겠다는 게 문제지. 설마하니 조광 그룹, 나아가 조씨 일가에 복수를 하려는 거라면…….'

어떤 의미에서 강미자는 자신이 원치 않는 혼인의 피해자이고, 따라서 자신의 생을 망쳐 놓은 집단에 원한이 있을 공산도 컸다.

'애당초 조세화에게 이렇다 할 모정도 없어 보이기는 했고. 그래도 그렇지, 조세화가 강미자의 혈육인 것만큼은 진실인데, 제 자식에게도 그렇게 할까?'

뭐, 까놓고 말해 조세화에게서 조광이라는 명패가 사라지더라도 조세화는 이미 남은 재산만으로도 죽는 날까지 부귀영화를 누리며 살 수 있을 것이다.

'이제 와서 조광이 그 일로 다시 혼돈의 아귀에 빠져들어 가면……. 그건 그것대로 강미자가 바라는 바일까? 모친으로서 바라는 게 그런 딸의 소박한 행복인 거라면야 나도 할 말은 없지만.'

강미자쯤 되는 인물이 그런 것을 목표로 삼고 있을 거 같지는 않지만, 어쨌건 타인의 인생관에 대해서는 내가 왈가왈부할 수도 없는 노릇이어서 나는 그에 대해 생각하는 것을 관뒀다.

'어쨌거나 자세한 건 이철희를 만나 보면 알 수 있겠지.'

나는 이철희와 만나기로 한 일식집에 약속 시간보다 10분 일찍 도착했다.

'전예은의 눈치가 보이니 회사에 있어 봐야 할 일도 없고.'

전생이라면 연이 닿을 리 없는 고급 일식집 종업원은 내가 도착했음을 알리자, '기다리고 계십니다' 하며 나를 방으로 안내했다.

'응? 이미 도착해 있다고?'

해외의 어느 지도자는 의도적으로 약속 시간에 늦게 도착하는 것으로 자신의 입장을 알리고는 한다던데, 이철희는 사회적 지위며 입장에서 나보다 앞서고 있음에도 불구하고 10분 일찍 도착한 나보다 먼저 도착해 있었던 것이다.

'예상 외로 한가한 건가? 아니 그럴 리가.'

종업원은 복도 끝 소나무실이라 적힌 방 앞에 멈춰 섰다.

"손님이 오셨습니다."

미닫이 문 안쪽에서 이철희가 대답했다.

"예."

드르륵.

종업원이 소나무실이라 적힌 방의 미닫이문을 열자, 이철희는 빈 테이블에서 주섬주섬 서류를 챙겨 서류 가방에 밀어 넣곤 자리에서 일어서 내게 악수를 권했다.

"어서 오십시오. 이성진 사장님. 조광 그룹 최고경영자 이철희입니다."

그는 나이가 한참이나 어린 내게도 무척 깍듯했다.

"예, 반갑습니다."

이미 임시주주총회장에서 만났는데, 기억하고 있을까?

'바로 옆자리였지.'

이철희는 그런 내 속내를 간파한 듯 정중한 어조로 말을 이었다.

"어제는 주주 여러분 앞에서 첫 선을 보이는 자리이다 보니, 제가 긴장도 하고 여력도 없어 인사를 드리지 못했습니다."

"아뇨, 아닙니다. 저도 그랬으니까요. 신경 쓰지 마세요."

기억하고 있었군.

다만, 어제 내가 누군지 알아보고도 인사를 하지 않은 것인지, 그 말대로 '긴장도 하고 여력도 없어'서 인사를 하지 않은 것인지는 분간이 가질 않았다.

그도 그럴 것이 그는 내 (어린)모습을 보고도 놀라는 기색이 전혀 없었으니, 그 정도 초보적인 임기응변쯤은 가뿐할 것이다.

'말씨는 정중하지만 속내는 알 수 없는 인물이야. 아니 그 속이 깊다고도 볼 수 있을 정도군.'

조광은 어디서 이런 인재를 주워 왔을꼬.

'지금은 적인지 아군인지 모를 상대지만, 적으로 두면 이래저래 곤란할 거 같아.'

이철희가 맞은편에 자리를 권했다.

"앉으시죠. 식사는 오시는 대로 내어 달라는 부탁을 해 두었습니다."

"감사합니다."

"아, 비서를 통해 조금 알아 두기는 했습니다만 못 드시는 음식은 없으시죠?"

"예."

카레에 들어 있는 삶은 당근처럼 싫어하는 건 있지만, 이 몸은 체질상 못 먹는 음식은 없다.

'전생에는 알러지가 있던 것도 지금은 먹을 수 있었지. ……카레에 들어 있는 삶은 당근은 여전히 싫지만.'

이철희는 내가 먼저 앉기를 기다렸다가 앉으며 말했다.

"다행입니다. 오늘은 갑작스런 요청임에도 응해 주셔서 감사드립니다."

"아뇨. 무척 바쁘실 텐데도 권해 주신 일이니까요."

대답과 동시에 그를 슬쩍 떠보았지만, 이철희는 빙그레 웃을 뿐 대답하지 않았다.

'뭐, 내가 도착하기 직전까지 서류를 살피고 있던 걸 보면 한가한 건 아니라는 것쯤은 알겠지만.'

한 번 더 떠볼까?

종업원이 미닫이를 닫고 물러나자마자 나는 미소 띤 얼굴로 입을 뗐다.

"그나저나 조금 놀랐습니다. 저는 CEO님께서 조광 그룹 CEO로 선임되시기 전까지만 하더라도 차기 CEO는 조광 그룹 이사회에서 선출될 거라고 생각했거든요."

일부러 조금(?) 무례한 질문을 던졌지만, 이철희는 동요하지 않고 빙그레 웃었다.

"예. 저도 제안이 왔을 때는 깜짝 놀랐습니다. 조광 그룹에 대해서는 저도 예전부터 들어왔지만, 저 같은 사람에게 이런 제안을 해 주실 줄은 몰랐으니까요."

겸손인지 진심인지.

이철희가 말을 이었다.

"아마, 아가씨께서 저를 필요 이상으로 좋게 봐 주신 모양입니다."

아가씨?

나는 그 말에 동요했지만, 내색하지 않으려 애쓰며 물었다.

"아가씨라뇨?"

"아, 실례했습니다. 제가 말씀드린 '아가씨'는…… 조세화 양의 어머니 되시는 분입니다."

"……"

엄청 솔직하군.

아마 뭔가를 먹는 도중 그 이야기를 들었더라면, 분명 사레가 들리고 말았을 것이다.

그 와중 나도 내 동요를 온전히 감출 수 없었는지, 내 얼굴을 물끄러미 보던 이철희가 내 의구심을 해소하는 말을 이었다.

"실은 예전에 아가씨 친가 측의 지원을 받아 무사히 학업을 마칠 수 있었거든요. 그때부터 교류가 있다 보니 저도 모르게 아가씨라는 호칭이 입에 익고 만 모양입니다."

그 와중에도 강미자의 친가가 실은 야쿠자 집안이라는 건 언급하지 않는군.

'내가 알고 있을 거라고 생각해서인가? 아니면……'

나는 일단 모른 체하며 그 말을 받았다.

"그러셨군요. 강미자 씨와 예전부터 친분이 있으셨을 줄은 몰랐습니다."

"예, 큰 은혜를 입었지요."

그러면서 그는 은연 중, 자신이 이사회 측 파벌에 속해 있는 것이 아닌 강미자—혹은 조세화—측의 인간임을 내게 에둘러 밝히고 있었다.

'그러니 경계할 필요가 없다는 말을 하려는 모양인데……. 오히려 그쪽이 더 의심스럽거든.'

어쨌거나 나는 관련해 그를 계속 떠보는 것에 별의미가 없음을 깨닫고는 직설적으로 물었다.

"그러면 이철희 님은 강미자 씨에게 제가 어떻단 식의 이야기를 들어 보셨겠군요."

내 말에 이철희는 빙그레 미소 띤 얼굴로 고개를 끄덕였다.

"예. 조금은요."

이철희가 말을 이었다.

"저희 아가씨께서는 사장님이 '나이에 걸맞지 않은 실력과 인품을 겸비한' 분이라고 말씀하셨습니다."

나는 그게 이철희가 강미자의 말을 필터링해서 내게 들려준 것인지, 아니면 강미자가 한 말을 토씨 하나 틀리지 않고 내게 전한 것인지는 분간이 가질 않았다.

"과분한 칭찬에 몸 둘 바를 모르겠군요."

나는 일단 그렇게 말을 받은 뒤, 재차 말을 이었다.

"추후 제가 이철희 님 연배가 되었을 때는 다른 칭찬을 들을 수 있도록 노력하겠습니다."

그렇다고는 하나 어디까지나 '나이에 걸맞지 않'다는 전제 하의 이야기일 테니, 나는 그 칭찬을 곧이곧대로 받아들이지 않고 그 이야기를 조금 비틀어 받았다.

"하하, 기대하겠습니다."

이철희는 이철희대로 내가 비꼰 말을 스무스하게 받아들였다.

'뭐, 어쨌건 이철희도 마냥 좋은 사람은 아닌 거 같군.'

이철희가 미소를 슬쩍 거두며 말을 이었다.

"제가 오늘 사장님을 뵙고자 한 건, 파트너를 맺은 회사 대표 대 대표로서 몇 가지 말씀을 드리고자 함입니다."

본론인가.

나는 태연한 척하며 고개를 끄덕였다.

"에, 경청하겠습니다."

"감사합니다. 우선, 이번에 사장님께서 저희 회사와 J&S컴퍼니를 통해 본격적인 협력사로 거듭나 주신 것에 회사를 대신해 환영의 말씀을 드립니다."

이철희는 사무적인 어조로 말을 이었다.

"사장님도 잘 알고 계시겠지만, 어제 주주총회장에서 발표한 J&S컴퍼니는 뭇 대중의 호응과 관심을 불러일으키며 무척 긍정적인 반응을 보여 주고 있습니다. 관련해 아직 주주 여러분의 결의 결과는 나오지 않았습니다만, 현재로서는 낙관적인 결과를 기다리고 있습니다."

"좋은 소식이군요."

"예. 그도 그럴 것이 사업 내용이 훌륭하니까요. 관련해 저 개인적으로도 무척 전망이 밝은 사업이라고 보고 있습니다."

그 일에는 이철희도 팔을 걷어붙여 가며 거들었으니, 그 자신도 한몫을 한 셈이었다.

'문제는 여기부터지.'

이철희가 강미자의 사주를 받아 조광 그룹의 CEO로 선출되었다는 것은 확실히 알게 되었지만, 그렇다고 그가 이사회를 포섭했다는 의미는 아니다.

아마 이사회는 이사회대로 상호 견제를 하는 차원에서 '어느 파벌에도 속하지 않은' 이철희를 CEO로 임명했을 공산이 컸고, 그 결과 조광의 권력 구조는 이 동상이몽의 구조 속에서 위태롭게 성립해 있는 상황.

'그 과정에 강미자가 이사회를 어떻게 구워삶았는지는 모르지만, 이철희가 CEO로 선출되었다고 해서 이사회가 순순히 권력을 이양했을 리는 없지.'

여기에 이철희 개인의 욕망에 대해선 차치하고 그가 강미자와 한통속이라고 할 경우, 강미자 측의 목표는 조광을 자신의 손아귀에 넣는 것일 터이다.

크리스가 내게 전하길, 강미자의 친가는 일본에서도 꽤 알아주는 야쿠자 조직인 모양이고, 특폭법으로 그들 땅에서 설자리를 잃은 야쿠자가 이 먹음직스러운 먹잇감을 수수방관할 이유는 어디에도 없으니까.

'그리고 이철희는 조세화가 실은 조성광의 딸인 걸 알고 있을 공산이 크지. 즉, 그들이 그러고자 한다면 조세화를 앞세워 그녀를 조광의 정당한 후계자로 밀어붙이는 동시에 강미자를 비롯한 야쿠자들은 뒤에서 섭정 통치를 꾀할 수 있을 거야.'

그러니 이철희(강미자) 측이 향후 J&S컴퍼니를 어떻게 취급할 것인가에 따라 내 대응도 유연하게 바꿔야 할 여지가 생길 것이다.

빠르게 생각을 정리한 나는 이철희를 슬쩍 떠보았다.

"잘됐군요. 그러면 J&S컴퍼니에 대한 조광 그룹 이사회 중진들의 평가는 어땠습니까?"

"예, 마침 오늘 관련해 회의를 개최하여 이사님들의 의견을 들을 수 있었습니다만, 대체로 긍정적이었습니다."

'대체로' 긍정적이라.

해석하기에 따라서지만 어느 쪽이건 확실한 대답은 아니
었다.

'하긴, 그런 분위기 속에서라면 암만 이사회라도 무턱대고
반대하기 어렵겠지.'

그러니 이사회 입장에서는 '일단 줄 건 주자'는 느낌으로
J&S컴퍼니 설립에 반대하지 않은 걸 수도 있겠구나 싶다.

이철희가 말을 이었다.

"다만 제가 사장님께 여쭙고 싶은 건, J&S컴퍼니의 경영
원칙에 관해서입니다. J&S컴퍼니의 지분은 조세화 양이 과반
이상을 차지하고 있는 것으로 아는데, 사장님께서는 그걸로
괜찮으십니까?"

좀 더 에둘러 물을 줄 알았더니 꽤나, 아니 아주 직설적이
다.

'흠, 그는 지분이 적은 내가 조세화를 대신해 경영권을 행
사하는 것에 항의를 할 생각인가?'

나는 이철희의 안색을 살피며 신중하게 대답했다.

"물론입니다. 다만 최고경영자님도 잘 아시겠지만 J&S컴
퍼니 경영에 필요한 제반 기술은 저희 SJ컴퍼니에서 제공하
고 있는 만큼, 저는 공동 발안자이자 조세화의 파트너로서
J&S컴퍼니 경영 전반을 책임질 예정입니다."

나는 일부러 들으란 듯 뜸을 들인 뒤 덧붙였다.

"관련해서는 세화도 이미 동의한 바고요."

"그렇군요."

경영 전반은 내가 담당할 예정이라는 소명에도 불구하고 이철희는 별다른 동요 없이 고개를 끄덕였다.

"그러시다니 저도 사장님께 J&S컴퍼니 경영을 믿고 맡길 수 있을 것 같습니다. 그도 그럴 것이 SJ컴퍼니는 실적으로나 장래 전망으로 보나 우량 기업으로 높이 평가하고 있으니까요. 굳이 그래서인 건 아니지만, 마찬가지로 저희는 사장님께서 책임지고 경영하실 J&S컴퍼니에 대해서도 큰 기대를 하고 있습니다."

"……."

……엥?

나는 이철희가 한 말을 속으로 곱씹었다.

'즉, 이철희는 이대로 J&S컴퍼니 경영에 관여하지 않겠단 말인가?'

이철희 측(강미자를 비롯한 야쿠자)이 J&S컴퍼니 경영에 간섭, 적극적인 개입을 해 올 것이라고 생각하고 그에 대한 대비를 준비해 온 나로서는 이철희의 대답이 기분 좋은 변수로 다가왔다.

'아니, 뭐 그야 나한테는 좋은 이야기이기는 한데…….'

그러나 내게만 너무 좋은 이야기이다 보니, 되레 그 의도를 의심하고 만다.

'아니면 조금 더 추이를 지켜보자는 의미인가?'

이철희도 어제 주주총회 장소에서 J&S컴퍼니의 전망에 대해 손을 들어주며 이를 옹호하기는 했지만 이 시대에도 조금 사업 머리가 있는 사람이라면, 얼마 뒤 IT열풍이 불어 닥칠 것쯤은 예상하고 있을 것이다.

이 시기 전 세계적으로 불어 닥친 IT버블은 실로 대단한 것이어서, 역사에 손꼽히는 사례로 남을 각종 거품과 분식회계 범죄는 대부분 이 IT붐과 함께했다고 해도 과언이 아닐 지경이다.

전생에는 IT와 별다른 관련도 없어 보이는 에너지 회사 등이 IT를 들먹이며 뒤로는 분식회계를 통해 회사 가치를 크게 부풀려 한탕 해 먹은 전적도 있을 정도다.

물론 J&S컴퍼니는 그 IT적인 요소와 직접적인 관련이 있는 사업이지만, 어쨌거나 이 일에 숟가락조차 얹으려 하지 않는 이철희의 꿍꿍이는 내게 역설적으로 그 의도를 의심하게 만들었다.

'그러니 만일 그가 회사 내부에서 자신의 영향력을 키울 예정이라면 그의 입김이 닿아 있는 자회사 몇 곳과 계약을 채결하는 것으로 어느 정도 체면치레도 해 줄 수 있었는데 말이야.'

하지만 이래서야 나름대로 대비를 해 온 나는 김이 팍 샐 수밖에.

'……흠, 구두인 데다 제3자의 증언도 없지만, 확답을 받아 볼까.'

나는 속으로 그를 경계하면서 이철희에게 물었다.

"그러면 이번 J&S컴퍼니 건은 변동 없이 이대로 진행해도 되겠습니까?"

이철희는 내 말에 잠시 뜸을 들였다가 빙그레 미소를 지었다.

"물론입니다."

이철희가 말을 이었다.

"오히려 사장님이 바라신다면 세화 양이 보유한 지분을 쪼개, 사장님 측에서 경영권 전반을 가져가는 방향으로 변경해도 상관없습니다."

……뭐?

'지금 나더러, 조세화가 가진 지분을 쪼갤 테니 아예 회사를 먹어치워도 좋단 식으로 종용하는 건가?'

좋은 이야기에는 나쁜 조건이 따라붙기 마련이지만, 이 이야기에서는 도무지 내게 나쁜 조건을 찾기가 힘들었다.

'혹시 나를 시험하나?'

나는 그 먹음직스러운 먹이를 덥석 물기 전, 우선 뒤로 한 걸음 물러섰다.

"하하, 아뇨. 어차피 J&S컴퍼니 건은 저 혼자 할 수 있는 일은 아니라고 생각합니다. 이 사업은 조광 측의 협조가 없으면 성립되지 않는 일이니까요."

뭐, 말은 그렇게 했지만 만약 조광이 욕심을 내서 사업을 꿀꺽 삼키려 든다면 먼 길을 돌아가는 것이긴 해도 해당 사업은 적당한 구색만 갖춘 채 딴 주머니를 찰 준비도 하고 있긴 하다.

그러면서 나는 덧붙였다.

"그런 의미에서라도 저는 세화가 과반 이상의 지분을 보유하고 있는 것이 더 바람직하게 보입니다만."

"흐음."

이철희가 무어라 대답을 이어 가려던 찰나.

"실례하겠습니다."

드르륵, 미닫이문이 열리며 종업원이 음식을 가져왔다.

"식사부터 하시죠. 뭘 좋아하실지 몰라 주방장에게 맡겨 두었습니다만."

"아뇨, 괜찮습니다."

소위 말하는 '오마카세'란 거였다.

종업원이 물러나고, 나는 이철희가 수저를 들기를 기다렸다가 전체요리를 겸해 나온 차완무시를 한 입 떠먹었다.

"아까 말씀을 드리려다 말았습니다만."

이철희가 입을 뗐다.

"아가씨께서는 사업은 물론이고 학업에도 능하신 사장님

과 달리 세화 양은 한동안 학업에 열중해야 할 것 같다는 식
으로 말씀하셨습니다. 그러니 저희로서는 폐를 끼치고 맙니
다만, 사장님께서 J&S컴퍼니 경영 전반을 도맡아 주시는 것
이 어떨까 합니다."

이철희가 빙긋 웃으며 말을 이었다.

"물론 사장님께서 합자회사의 지분과 경영권 전반을 가져
가신다고 하더라도 저희 조광 측은 물심양면으로 협조할 생
각입니다."

구실치고는 구질구질하지만, 그렇게까지 말하니 그 속내
를 얼추 알 것 같다.

'즉…… 이철희를 비롯한 강미자 측은 이 기회에 조광에서
조씨 가문을 완전히 배제해 버리자는 의도인 건가.'

그러면서 그들은 나에게 J&S컴퍼니를 떼어 주는 것으로 합
의를 보자는 것이리라.

'뒤에선 그런 구린 의도가 있다는 걸 알게 되니 차라리 속
은 시원하군.'

나는 모른 척하며 이철희의 말을 받았다.

"그건 세화도 동의한 내용입니까?"

"그럼요."

이철희는 당당히 대답했다.

"조세화 양도 이해해 주셨습니다."

"……"

흠, 이거 참.

'속이 뻔히 들여다보이는 거짓말을 하고 있군.'

여기 오기 전 조세화와 통화를 해 본 바, 조세화는 이철희가 내게 어떤 제안을 던져 올지 모르는 채였다.

'설령 말을 했다고 하더라도 그건 조세화의 동의를 받지 않은 일방적인 통보일 터.'

물론 그 배후에는 조세화의 모친인 강미자의 강압이 있었으리라.

'나야 이대로 입 싹 닦고 모른 척 J&S컴퍼니를 집어삼켜도 괜찮지만⋯⋯.'

자고로 지나치게 달콤한 제안에는 독이 섞이기도 하는 법이다.

'이렇게 된 이상, 내가 뭘 할지는 정해졌지.'

나는 빙그레 웃으며 이철희의 말을 받았다.

"무척 감사한 제안입니다만, 사양하겠습니다."

이철희는 젓가락을 든 채로 나를 물끄러미 보더니 입을 뗐다.

"무언가, 마음에 걸리는 점이라도 있으신지요."

"예."

나는 무어라 둘러댈까 잠시 생각하다가 대답을 이어 갔다.

"저는 사업가란 신의를 우선해야 한다고 생각하거든요. 그러니 저는, 저를 향한 세화의 신의를 배신하고 싶지는 않습니다."

"······."

말은 그렇게 했지만 조세화가 어떻게 되건 내 알 바 아니다.

하지만 그 일로 인해 조세화가 조광의 차기 오너로 거듭나지 못하고, 이들의 계획대로 조광이 야쿠자들 손아귀에 넘어가는 것은 내가 바라지 않는 일이었다.

'조세화가 아닌 야쿠자, 그것도 그들의 간접적인 지배하에 놓인 조광 그룹은 내게도 별 영양가가 없지.'

잠시 조세화를 배제하고 야쿠자들과 손을 잡아 볼까 하는 생각도 했지만, 아무래도 전생의 경험에 비춰 보았을 때 변수뿐인 그들보다는 그나마 계산 범위에 있는 조세화가 더 이용하기 수월할 성싶다는 계산도 있었다.

'자, 그럼 어떻게 나오려나.'

내 대답을 들은 이철희는 생각을 알기 힘든 담담한 얼굴을 한 채로 입을 열었다.

"그런 식으로 생각하셨군요."

그는 더 이상 '조세화도 동의한 일'이라는 사탕발림을 늘어놓지 않았다.

이철희 역시도 내가 이 일이 '조세화의 동의를 얻지 않은' 일이라는 걸 간파했음을 눈치챈 것이리라.

"알겠습니다. 사장님 뜻이 그러하시다면 저도 그런 것으로 알겠습니다."

"이해해 주셔서 감사합니다."

이철희는 예상대로 더 치근대는 일 없이, 내 의견을 담백하게 수용했다.

'누군가의 사주를 받아서 일을 진행하는 사람은 정해진 선 이상은 넘지 않는 법이거든.'

뭐, 그런 이철희 배후의 누군가는 내가 그 제안을 거절할 거란 시나리오도 준비해 둔 것이겠지만.

'어쨌거나 누군가의 손바닥 위에서 놀아나는 것 같은 기분은 썩 유쾌하질 않군.'

그뒤 이철희가 어조를 고쳐 내게 물었다.

"이건 대답하지 않으셔도 상관없는 이야기입니다만, 개인적으로 궁금한 게 있는데 질문해도 괜찮겠습니까?"

"그럼요."

전생에는 알레르기가 있어서 못 먹었던 오징어 회를 한 점 집어 먹고 있으려니, 이철희가 말을 이었다.

"성진 군은 혹시 조세화 양과 혼약을 염두에 두고 있습니까?"

"……."

뭘 물어보는 건가 했더니.

'구봉팔 등등에 대해 묻는 것도 아니고.'

나는 입안에 든 오징어 회가 왠지 싱겁다고 느끼며 꿀꺽 삼켰다.

"아뇨, 생각 안 하고 있습니다."

"그렇습니까? 저는 그러신 줄로 알고 있었습니다만."

"벌써 그런 생각을 떠올리기엔 저나 세화나 아직 어리지 않나요?"

내 말에 이철희가 빙긋 웃었다.

"그것도 그렇겠군요. 이거 실례했습니다."

"아뇨, 신경 쓰지 마세요."

뭐, 이대로 조세화와 약혼을 한다고 하더라도 반대할 사람은커녕, 심지어 내가 그러고자 한다면 집안에서도 다들 쌍수를 들고 환영할 것이다.

'게다가 조세화 본인도 내게 명백히 호감을 표하고 있으니.'

이런저런 걸 차치하고 이성적으로 생각하더라도 물류 유통회사로서 국내 1위를 고수하고 있는 조광과 사돈으로 맺어진다면 내가 하려는 일에도 박차를 가할 수 있을 것이며, 이는 전생에 없던 결과로 이어질지도 모를 일이지만⋯⋯.

'어째, 이 몸에 들어오고 난 뒤부터 그런 쪽은 영 생각하고 싶지가 않군.'

문득, 전생의 약혼자가 보고 싶어졌다.

'⋯⋯그녀는 지금 어디서 뭘 하고 있을까.'

명색이 약혼자였으니, 그녀가 지금 이 시대 어디에서 뭘 하고 있는가 하는 것 정도는 알고 있으나, 나는 이성진의 몸으로 그녀를 만나고 싶지는 않았다.

'그렇다고 이제 와서 원래 몸으로 돌아갈 수 있을 리도 만무하니까.'

이후로 구체적인 사업 이야기는 피차 더 이상 언급하지 않았으나, 식사는 무난하게 정리되었다.

그때만 하더라도 사업 이야기를 빼 놓고 그와 나 사이에 무슨 대화가 성립할지 의문이긴 했지만, 이철희는 다방면에 걸쳐 문화 교양 수준이 높은 데다가 향후 글로벌 전망에 대한 선구안도 꽤 잘 갖추고 있는 인물이어서 그런 걱정은 금세 덜어 낼 수 있었다.

'나이와 입장 차만 아니었다면 꽤 좋은 친구가 되었을 것 같군.'

조금 놀랐던 건, 이철희가 아직 독신이라는 점이었다.

'흠, 이 시대에 그 나이가 되도록 독신이기는 쉽지 않을 텐데 말이야.'

일부러 그 사생활을 캐물으려 한 것은 아니었고, 그가 재일교포 출신이자 해외에서 이사까지 지내다가 이번에 한국의 조광 그룹 CEO로 취임까지 했다 보니 이 잦은 이사에 가족들이 힘들어하지는 않았는가, 하는 인사치레 과정에 나온 이야기였다.

그에 관해 이철희는 '아직 독신'이라는 답을 내놓았는데, 이어서 '바쁘게 살다 보니 그럴 여력이 없었다'는 식으로 말을 했다.

'뭐, 그 정도야 개인 사정이고 더 이상 할 이야기도 없어서 관련한 화제는 그쯤 해서 마쳤지만.'

어쨌거나 나는 그에게서 느낀 개인적인 호감까지 더해서 만일 그가 조광, 나아가 야쿠자 조직의 밀정만 아니었던들 우리 회사로 영입하고 싶다는 생각마저 들 정도였다.

'그렇다고 한들 세상의 모든 걸 가질 수는 없는 노릇이지.'

이철희를 먼저 배웅한 뒤, 나는 강이찬이 기다리고 있는 차에 올라탔다.

"오래 기다렸죠?"

"아닙니다."

"초밥 세트 사 왔는데, 돌아가서 드세요."

"감사합니다."

강이찬은 빙그레 웃으며 내가 포장해 온 초밥 세트를 조수석에 올려놓았다.

"댁으로 모실까요?"

"네, 그렇게 해 주세요."

"알겠습니다."

그리고 집을 향해 얼마간 차를 몰았을 때 강이찬이 조심스럽게 물었다.

"회담은 어떻게, 잘 진행되었습니까?"

"예. 오늘은 인사나 하잔 의미로 만난 것뿐이었습니다."

나는 잠시 생각하다가 대답을 이었다.

"J&S컴퍼니 건은 이대로 진행하기로 했습니다. 생각 이상으로 대화가 잘 통하는 사람이더군요."

매제가 얽힌 일이다 보니 그 건은 강이찬에게도 마냥 남 일이 아님을 떠올려 덧붙인 것이다.

"잘됐군요."

"예. 그러니 매제분 일은 안심하셔도 좋습니다."

내 말에 강이찬이 쓴웃음을 지었다.

"……예."

하지만 어째, 받아들이는 뉘앙스가 그게 걱정이 되어서 한 말이 아니었던 모양이다.

괜스레 뻘쭘해진 나는 쓸데없는 중얼거림을 덧붙였다.

"그런 화기애애한 자리일 줄 알았다면 조세화가 참석해도 괜찮았겠다 싶기는 하더군요. 흠, 호텔에서 픽업해 갈 걸 그랬나……."

"……음."

내 말에 강이찬은 무언가 생각났다는 듯 담담히 입을 뗐다.

"아마, 조세화는 지금 호텔에 없을 겁니다."

"예?"

"어제…… 우연이긴 합니다만, 호텔에서 제 매제가 조세화의 짐을 대신 들어 주는 걸 보았거든요."

그러며 강이찬은 어젯밤 호텔에서 있었던 일을 내게 들려주었다.

말하기로는 어젯밤 구봉팔을 끼워 셋이서 술자리를 갖기 전, 강이찬은 오명태를 픽업해 갈 겸 호텔로 마중을 나갔던 모양이었다.

"혹시 말썽이 생기지는 않을까 해서 지켜보고 있었습니다만……. 그 외에 별다른 일은 없었습니다."

강이찬이 슬며시 웃으며 덧붙였다.

"매제는 나중에 제 말을 듣고선 자신이 짐을 들어 준 게 회사 대표님이란 걸 알고 깜짝 놀라더군요."

"그러면 이찬 씨도 어제 세화랑 만나셨어요?"

"아뇨, 따로 인사는 하지 않았습니다만……."

과연.

우연이기는 하나, 조세화는 자신이 호텔에 나오는 순간을 강이찬이 보았다는 걸 몰랐단 의미였다.

'그리고 조세화는 오늘 통화할 때만 하더라도 내게 호텔에 있단 식의 거짓말을 했지.'

강이찬이 조금 난처해하며 내게 슬쩍 물었다.

"혹시 무슨 문제라도 있었습니까?"

강이찬도 나와 꽤 오래 붙어 있었던 만큼, 내 표정에서 감정을 읽는 수준까지 이른 모양이었다.

"아뇨, 아무것도 아닙니다."

습관처럼 부정하려던 나는, 이제 강이찬이 완전히 내 편이 되었다는 걸 떠올리곤 말을 고쳐 이었다.

"음, 실은 아무것도 아닌 게 아니라……. 조세화가 저한테 거짓말을 했구나, 해서요."

"거짓말을요?"

"예. 아까 회사에서 통화를 할 때만 하더라도 저에게 아직 호텔에 있단 식으로 이야기를 했거든요."

"……그랬습니까. 왠지 괜한 말을 하고 만 것 같군요."

"아닙니다."

나는 빙긋 웃으며 강이찬의 견해를 정정해 주었다.

"저도 세화가 호텔에서 이미 나오지 않았을까, 생각하고 있었어요."

이미 호텔 측에 확인도 했고.

이번 화제는 어디까지나 '혹시 그렇지 않을까' 하던 것이 확신으로 굳었을 뿐이다.

'게다가 이 밀고(?)로 강이찬이 어떤 죄의식 비슷한 책임감이라도 느끼고 만다면 추후 나한테 그 과묵한 입을 더 다물고 말게 될 거야.'

그런 의미에서 나는 강이찬에게 '인생의 조언'을 구하는 척, 물었다.

"그런데 이찬 씨, 세화는 제게 왜 그런 '별것 아닌' 거짓말을 했을까요?"

내 말에 강이찬은 잠시 생각하다가 대답했다.

"글쎄요······. 감히 말씀드리자면 이런 경우 보통 상대에게 자신의 상황을 별로 알리고 싶지 않았기 때문이겠죠."

강이찬은 나름대로 연장자로서 최선을 다해 대답을 이어 갔다.

"하지만 그렇다고 해서 세화가 사장님을 난처하게 만들고 싶어서 그랬을 것 같지는 않습니다. 아직 호텔에 있다는 말도 아마 무의식중에 튀어나오고 만 거겠죠."

"그렇군요. 고마워요, 이찬 씨. 도움이 됐어요."

"아닙니다. 저도 이런 일로 세화와 사장님 사이가 멀어지는 건 바라지 않거든요."

"물론이죠. 저희 우정은 그런 일로 깨질 만큼 얄팍하지 않거든요."

"우정입니까."

어쨌건—나도 그 정도는 떠올리고 있었지만—나는 강이찬의 말을 들으며 좀 더 객관적으로 상황을 정리할 수 있었다.

'즉, 조세화가 그런 거짓말을 한 건, 그 과정에서 벌어진 일이 그녀 스스로도 바라지 않은 일이란 의미겠지.'

그리고 그 과정에 이철희와 강미자는 조세화를 향해 어떤 압력을 행사했으리라.

'아마도 이철희가 내게 말했던 구실인 학업 운운하는 이유를 들어가면서, 이제 그만 경영에서 손을 떼란 식의 종용을 한 거려나.'

그쯤 하니 방금 전까지 식사를 하며 이철희에게 품었던 내 호의적인 감정도 조금 차갑게 식는 느낌이 들었다.

'나 참, 다 큰 어른들이 아직 어린애를 상대로 가스라이팅이나 하고 말이야.'

하지만 조세화도 바보가 아니니, 나와 통화를 한 몇 시간 전에도 이철희가 내게 어떤 제안을 던지려는지 하는 것쯤은 충분히 예상하고 있었을 것이다.

'이거, 어쩌면 나도 모르게 어떤 시험에 합격한 걸지도 모르겠는걸.'

거기서 느낀 불쾌한 기분과 동시에 다른 가설 하나가 내 머릿속을 비집고 들어왔다.

'혹시 강미자와 그녀의 친가가 각자 다른 목표를 꿈꾸고 있을 가능성은 없나?'

강미자와 이철희의 관계에 대해서는 모르고, 또 별로 알고 싶지도 않지만, 강미자가 친가인 야쿠자들과 뜻을 함께할 거라는 것도 내 선입견에 지나지 않는 건 아닐까.

'그도 그럴 것이 전생에만 하더라도 조광에 야쿠자 일파의

개입은 일절 없었어. 그동안 나는 그걸 조설훈의 역량이라고
만 생각했지만……. 강미자 역시도 마찬가지로 친가의 개입
을 바라지 않았기 때문에 조설훈에게 힘을 실어 준 거라면?'

이거, 아무래도 상담을 해 봐야 할 것 같다.

'물론, 여기서 그 상대는 강이찬이 아니라…….'

4장

　강이찬의 배웅을 받아 집으로 돌아왔더니 거실에서 2층에 이르는 공간이 조금 분주했다.

　고용인들에게 '이건 여기, 저건 저기' 하며 지시하느라 분주하게 오가던 사모가 나를 발견했다.

　"아, 성진이 왔니?"

　"네, 다녀왔습니다."

　나는 사모에게 인사를 하며 힐끗, 고용인들의 모습을 살폈다.

　"어머니, 지금 뭐 하는 중이에요?"

　"얘는. 조만간 크리스가 우리 집에 오잖니?"

　아, 그래. 그런 일과도 있었더랬지.

'그래서 지금은 크리스의 이사 준비가 한창인 모양이군.'

사모가 말을 이었다.

"겸사겸사 고용인들이랑 한 군데 이불도 바꿀까 해서. 쇼핑을 하고 왔더니 조금 늦었지 뭐니?"

"그렇군요. 도와드릴까요?"

그냥 던져 본 말이었는데, 사모는 내 빈말을 곧이곧대로 받았다.

"그래 주겠니? 그럼 성진이는 방에서 옷 갈아입고 한 군이랑 성아를 좀 도와주렴."

괜히 긁어 부스럼만 만들었군.

"……네."

적당히 하는 척만 하다가 어디론가 짱박혀 있어야지.

그렇게 내 방이 있는 2층으로 올라오니, 한성진 남매와 고용인들이 크리스가 지낼 손님용 방 방문을 활짝 열어 놓은 채 방을 꾸미느라 여념이 없어 보이는 모습이 보였다.

이불을 한 아름 들고서 어디론가 향하던 한성진이 나한테 말을 건넸다.

"아, 왔어?"

"응. 아까 어머니한테 들으니까 크리스 이사 준비 중이라지? 옷만 갈아입고 도와줄게."

"됐어. 금방 끝날 거 같은데 뭘."

이렇게, 빈말을 빈말로 받아 주는 것이 한성진의 기특한 점이다.

"그런데 낮에 하지 않고, 왜 이런 시간까지?"

"사실 사모님도 집에 오신 지 얼마 안 됐어. 낮에는 사모님이 성아랑 쇼핑을 다녀오셨거든."

집에 남아도는 손님용 침구류를 쓰거나 하다못해 한성진 남매가 쓰던 이부자리를 그대로 써도 될 텐데, 사모는 기어코 백화점 쇼핑을 해서 크리스가 쓸 각종 집기를 잔뜩 구매한 모양이었다.

'그렇다고는 해도 백화점 직원을 집으로 부르면 될 일을 굳이 번거롭게······.'

뭐, 쇼핑은 사모의 또 다른 취미이기도 하니까.

'그나저나 성아를 데리고 쇼핑을 했다면, 크리스의 방도 꽤 볼만하겠군.'

사모는 아마 한성아의 조언을 귀담아들으며 '그 나이 여자애들이 좋아할 법한' 귀엽고 아기자기한 침구류를 사들였을 것이다.

'나중에 좀 볼만하겠는데.'

이런 자질구레한 일에 손을 보탤 생각은 없었지만, 나중의 기쁨을 위해서라도 조금 도와주기로 할까.

"그랬구나. 아무튼 옷만 갈아입고 바로 나올게."

"굳이 안 그래도 되는데······. 알았어. 나중에 보자."

한성진은 끙차, 하고 솜이불을 추켜든 뒤 고용인들이 모인 방향으로 발걸음을 옮겼다.

'저 녀석을 볼 때면 어릴 때 성장 환경이 참 중요하단 생각이 들고는 한단 말이야.'

나야 이미 머리가 굳어서 지금 한성진처럼 기특한 어린이가 될 리는 만무하지만.

그 길로 곧장 방으로 돌아온 나는 핸드폰을 충전기에 '거치'한 뒤, 옷을 갈아입곤 손님용 방으로 향했다.

"앗, 오빠다! 언제 왔어?"

이번에는 다락방에서 내려오던 한성아와 마주쳤다.

"방금. 크리스 방 꾸미는 중이니?"

"응. 사모님이랑 백화점에 가서 크리스가 좋아할 법한 걸 잔뜩 사 왔어."

한성아가 에헴, 하고 가슴을 쭉 내밀었다.

"학교에서 '후배' 애들한테 들으니까, 요즘 1학년들 사이에서는 요술천사 피치가 유행이래. 그래서 피치 이불이랑 피치 가방이랑 피치 필통 같은 것도 사 왔다? 뭐, 나는 이제 다 커서 그런 거 잘 안 보지만."

"그랬구나."

복숭아 천지군. 도원결의라도 할 셈인 걸까.

어쨌거나 이 집에 온 크리스의 똥 씹은 얼굴이 벌써 기대된다.

'그렇다고 해서 녀석이 내가 준 1억으로 새로 쇼핑을 하지

는 않을 테고.'

한성아가 말을 이었다.

"성진이 오빠도 도와줄 거지?"

"응, 그러려고. 뭘 도와줄까?"

"그러면 있지……."

그렇게 나는 예정에 없이 한동안 고용인들과 한성진 남매를 도와 크리스의 이사 준비를 도운 뒤 방으로 돌아왔다.

'이거 참, 나도 타인의 불행을 돕는 일에는 선뜻 손이 가는군.'

나는 괜스레 터져 나오는 웃음을 피식거리며 핸드폰을 집어 들었다.

'응? 부재중 전화?'

나는 알림 메시지를 보며 그사이 누가 전화를 걸었을까, 잠시 생각했다.

이 시대의 여러 불편한 점 중 하나는 아직 발신자번호표시 기능이 없다는 것이다.

'……뭐, 정 급하면 나중에 또 전화를 걸겠지.'

아니면 문자 메시지를 보내 놓거나.

나는 일단 원래 하려던 대로 크리스에게 전화를 걸었다.

'이런 상황에 의지할 수 있는 상대가 그 녀석뿐이라는 건 나도 별로 내키지 않지만.'

몇 차례 신호가 간 뒤, 크리스가 곧장 전화를 받았다.

-여보세요.

"아, 나다. 이성진."

상대가 나라는 걸 알자마자 크리스의 목소리 톤이 착 가라앉았다.

-아, 너였냐. 이 밤중에 무슨 일로?

그 말을 들으니 전화를 걸었던 건 크리스가 아니었던 모양이다.

"아니 뭐, 별건 아니고 몇 가지 상담을 하고 싶어서."

-상담?

"응, 방금 이철희랑 저녁을 하고 돌아온 참이거든."

-……이철희랑? 단둘이서?

"그래. 아무튼 거기서 꽤 흥미로운 제안을 받았거든."

나는 곧장 본론으로 들어가, 이철희가 내게 J&S컴퍼니 지분을 넘기려 했다는 내용을 크리스에게 전했다.

잠자코 내 이야기를 들은 크리스는 잠시 뜸을 들인 뒤 툭 뱉었다.

-그래서 너는 어떻게 했는데?

"일단 거절했어."

-왜?

왜냐니.

"그야, 너무 좋은 제안은 수상쩍기 마련이니까. 왜, 받아들였어야 한다고 보냐?"

-아니. 그런 건 아니야.

그 직후 크리스가 이죽거리듯 말을 이었다.

-다만 그렇게 결정을 내린 판단의 이유치고는 너무 싱거워서.

이유치고는 싱겁다니.

조금 기분이 상한 내가 좀 더 구체적인 이유를 추가하기 전, 크리스가 먼저 말을 이었다.

-그래도 그 전에 네 판단의 근거가 되었을 법한 꽤 구체적인 이야기가 조금 오갔을 거 같은데. 이철희가 정확히 무슨 이야기를 했지?

"신변잡기적인 내용은 차치하고 말하자면, 아마 이철희는 네 예상대로 강미자의 친가와 관계가 있는 인물인 거 같더군."

-호오. 이철희 본인이 그걸 직접 말했나?

"그래. 강미자를 일컬어 '아가씨'라고 하던데?"

-아가씨?

"음. 그러면서 하는 말이 그쪽의 지원을 받아 학업을 마쳤다는 식이었어."

수화기 너머로 크리스의 픽, 하는 코웃음 소리가 들렸다.

-노골적인걸. 마치 '아직 뒷조사를 하지 않았다면 지금이라도 해라'는 느낌이야.

흠, 그런 식으로 생각해 본 적은 없는데.

'녀석한테 이야기를 해 보길 잘한 거 같군.'

크리스가 말을 이었다.

-이랬건 그 제안에 강미자가 개입해 있는 건 확실해 보이는군. 이철

희의 의사는 곧 강미자의 뜻이라고 해석해도 무방하겠어.

말하는 게 띠껍기는 하지만 핵심은 잘 찔러 오는 녀석이다.

"나도 그렇게 생각해. 다만, 문득 이런 생각이 들더군."

-어떤 거?

"이철희와 강미자가 한통속인 건 확실하지만, 그렇다고 해서 그게 강미자의 친가의 뜻일까?"

내 말에 크리스는 잠시 뜸을 들였다가 입을 열었다.

-……과연. 즉, 너는 전생에 조설훈이 그 집단을 손쉽게 배제할 수 있었던 건 그런 강미자와 뜻을 함께한 것이니, 이번 생의 강미자도 그 친가인 야쿠자와 다른 생각을 하고 있을 거란 의미냐?

정확하다.

아니 오히려 내가 한참 동안 생각해 떠올린 가설을 통화 중에 즉시 떠올린 걸 보면, 크리스는 어떤 의미에서 나보다 역량이 더 뛰어날지 모른다.

"그래. 한번 생각해 봄 직은 하더군. 그도 그럴 것이 강미자의 친가가 본격적으로 조광 경영에 개입할 작정이고 강미자가 그 사주를 받아들였다면, 오늘 나온 제안의 방향은 정반대로 작용하지 않았을까 싶어서."

-그것도 그렇지. 이철희가 J&S컴퍼니를 자신의 실적으로 만들고자 하고 그게 성공했다면 조광에서 입지는 더 단단해질 테니까. 하지만 그 반대되는 제안을 했다면…….

말끝을 흐린 크리스가 어조를 고쳐 말을 이었다.

−아니 그 역이 꼭 그 반대의 기댓값을 가져오지는 않겠군. 오히려 J&S컴퍼니를 너에게 떠넘기는 것으로 너와의 관계를 정리, 또는 해소해 버리려는 걸지도 모르니까. 그쪽에서 조광을 차지하려면 조씨 일가의 흔적을 없애는 것도 좋은 방법일 거 같거든.

과연, 그런 식으로 해석할 여지도 있는 건가.

−어쨌거나 사태의 추이를 관망하기 위한 현 체제 유지란 의미에서는 제안을 거절한 것도 나쁘지 않은 판단이군. 뭐, 이것도 네가 쓸데없이 일을 벌여 둔 결과이긴 하지만 말이야.

쓸데없는 한마디를 덧붙이는군.

"아무튼 그 말은 너도 이철희가 무슨 꿍꿍이로 그런 제안을 던진 걸지는 모른다는 의미지?"

−그야 나는 현장에 없었으니까.

어째 한마디도 지려고 들질 않는다.

−그리고……

크리스는 무언가 말을 이으려다가 관뒀다.

"그리고, 뭐?"

−됐어. 아무것도 아니야. 아무튼 이철희 또는 강미자가 어떤 음모를 꾸미는 중이라는 건 알겠군. 그리고 네가 강미자의 친가에 대해 뒷조사를 해 주길 바라는 것도.

"……그래."

크리스가 어조를 고쳐 말을 이었다.

-아무튼 용건은 그게 전부냐?

나는 크리스에게 '네가 이 집에 들어와서 쓸 방을 멋지게 꾸며 뒀다'는 식의 말을 하려다 관뒀다.

"없어."

그건 그때의 즐거움으로 남겨 두도록 하자.

-그래? 그럼 이만 끊지.

크리스는 내가 작별의 말을 건네기도 전에 먼저 전화를 끊어 버렸다.

"……흠."

나는 핸드폰을 책상에 올려 두곤 의자에 등을 붙였다.

'어쨌거나 녀석 덕분에 조금 생각이 정리되긴 했군.'

강미자며 이철희의 꿍꿍이속이 어떤지에 대해서는 아직 모르지만, 내게 선의로 그런 제안을 던진 것이 아닌 것쯤은 분명해 보였다.

'이제 와서 하는 생각이지만, 조설훈이 살아 있었다면 차라리 일이 수월했을지도 모르겠단 생각마저 들어.'

조설훈의 빈자리를 이런 식으로 체감하는 건 고인에 대한 예의가 아니겠지만.

전화를 받지 않는다.

'지금이라도 경찰에…… 연락을 해 봐야 하나?'

도깨비 신문의 김기환은 뒤늦게 그런 생각을 떠올렸지만, 이제 그럴 시간은 없을 것 같다.

'정진건 형사의 연락처를 뒤질 시간에 그냥 112를 눌러 버릴 걸 그랬어.'

하지만 후회란 건 항상 늦는 법이다.

'그나마 다행인 건 직원들이 퇴근을 한 뒤라는 거려나.'

검은 양복 차림의 사내들이 우르르 몰려오자 김기환은 얼른 핸드폰을 주머니에 찔러 넣으며 자리에서 일어섰다.

"어떻게 오셨습니까?"

그중 무뚝뚝한 인상의 남자가 앞으로 걸어 나와 입을 뗐다.

"당신이 도깨비 신문 사장이오?"

"그……렇습니다. 김기환이라고 합니다."

김기환이 조심스럽게 물었다.

"그런데 여기는 어쩐 일이신지……."

사내는 대답 대신 품에 손을 찔러 넣었고, 김기환은 그 동작에 저도 모르게 움찔했다.

툭.

사내가 양복 안주머니에서 꺼낸 책상에 던지듯 내려놓은 건, 두툼한 봉투였다.

"이건……"

사내가 한번 살펴보라는 듯 턱짓을 했다.

그 무언의 압박에 김기환은 조심스레 봉투를 열어 보았고, 그 안에 녹색 지폐 다발이 가득 들어 있는 걸 확인했다.

사내가 다시 입을 열었다.

"별일은 아니고, 뭣 좀 물어보려고."

저널리스트로서 긍지를 갖추며 살아왔다고 자부하던 김기환이었지만, 그는 언젠가, 조설훈의 명령을 받은 구봉팔이 들이닥쳐 그를 두들겨 패고 사진까지 찍어 갔던 일을 떠올렸다.

'법은 멀고 주먹은 가까우니……'

김기환은 일단 그 요구를 따르는 척이라도 하기 위해 봉투를 챙기며 대답했다.

"예, 말씀하시죠."

사내는 김기환이 봉투를 챙기는 걸 확인한 뒤 입을 뗐다.

"우리는 당신이 박상대가 지역구에 출마하기 전, 어떤 기사를 내보내려고 했다가 중우일보에서 해고되었다고 걸 알고 있소만. 사실이오?"

김기환은 상대가 그런 걸 묻는 것에 움찔했지만, 당황한 속내를 드러내려 애쓰며 대답했다.

"사실과 조금 다르군요. 정확히는 제 발로 회사를 나왔습니다."

"……그렇군."

그나저나 그건 왜 물어보는 걸까.

막말로 박상대는 이제 끝난 인간이다.

비록 그 죽음으로 암묵적인 면책이 이루어지긴 하였으나, 더 이상 그를 정치적으로 비호할 인물은 이제 존재하질 않았고, 오히려 그가 저질렀던 각종 비위와 조금이라도 연루되고 싶지 않아 박상대는 이제 언급조차 꺼리는 그런 인간이 된 것이다.

'그런 박상대를 이제 와서…….'

김기환은 이제 와서 새삼 박상대를 들추고자 하는 저들이 대체 어느 편에 선 인간일지 의구심을 감추며 조심스레 물었다.

"저, 궁금한 건 그게 전부입니까?"

"아니오."

사내가 무뚝뚝하게 말을 받았다.

"우리가 알아본 바, 당신은 당시 박상대와 사이에서 사생아를 낳았던 정순애를 한국으로 초빙하였소. 그렇지 않소?"

"예……. 그랬습니다."

박상대가 몰락한 건 결국 박상대 본인이 제 성질을 참지 못해 일어난 일이었을 뿐이었다.

만약 박상대가 '다른 방식'으로 일을 해결하고자 했다면, 그것도 충분히 가능한 일.

당시 그에게는 정순애를 살해한다는 것 외에 다른 선택을 할 여지도 충분했다.

하지만 그렇다고 모든 책임을 박상대에게 돌릴 수 있는가 하면, 그렇지만도 않았다.

사람은 감정적인 이유로 불가해한 판단을 저지르곤 하는 법, 박상대를 비호하려는 세력이 다른 쪽에 그 책임을 돌리고자 억지를 부린다면 김기환 자신도 그 불똥을 뒤집어쓰지 않으리란 보장도 없는 것이다.

'하지만 그렇다고 이제 와서, 당시에도 정치 신인이었던 박상대의 편을 들어 주려는 인간은 없을 텐데.'

사내가 재차 물었다.

"그러면 당신이 정순애의 죽음을 눈치챈 건 언제였소?"

"그게…… 그녀가 시체로 발견되고 난 뒤 조금 더 지나서였습니다."

사내의 눈치를 살피며 대답하기는 했지만 거짓말은 하지 않았다.

김기환 측이 정순애의 죽음을 눈치챈 건 그 시신이 '한강변 사체' 사건으로 경찰의 물망에 오르고 난 뒤였고, 그 신원을 특정해 낸 과정이 경찰보다 조금 빨랐을 수는 있을지언정 그렇다고 시기상 아주 큰 차이가 나지도 않았다.

"흠."

사내는 생각에 잠긴 얼굴로 고개를 주억거린 뒤 다시 입을 뗐다.

"알겠소. 그럼 다음 질문."

"예."

더 물어볼 게 남은 건가?

이 시간이 빠르게 지나가길 기다리던 김기환에게는 안 된 일이었지만, 사내는 아직 용건이 남은 듯했다.

"조설훈의 죽음에 대해서는 얼마나 알고 있소?"

그 말에 김기환은 저도 모르게 심장이 철렁 내려앉는 기분이었다.

'설마, 조설훈 쪽 인간이었나?'

사실, 조설훈의 죽음에 대해 김기환도 생판 남이라고 할 입장은 아니었다.

당시 김기환은 경찰 측과 정보를 공유했을 뿐만 아니라 그들과 손을 잡고 '제보자'에게 받은 박길태의 도청 카세트테이프를 경찰에 넘겨준 적도 있었다.

어떤 의미에서는 그 일로 인해 조설훈의 장남인 조세광이 '우발적' 살인을 저지르기도 했거니와, 그 일이 조설훈의 죽음에도 간접적으로 영향을 끼쳤을지 모른다……고, 누군가는 억지를 부리고자 한다면 억지를 부릴 수 있는 상황인 것이다.

'만약 저들이 그걸 다 알고서 온 거라면…….'

자신은 무사하지 못할 것이다.

사내가 김기환을 물끄러미 쳐다보며 재촉했다.

"그래서 얼마나 알고 있냐고 물었소만?"

아차, 생각이 길었다.

김기환은 허둥지둥 쫓기듯 대답했다.

"그, 자세히 모릅니다."

"모른다?"

"그러니까, 경찰이 아는 것 이상은 저도 모른다는 의미입니다."

어느 정도는 사실이었다.

조설훈의 죽음에 관해서는 아직도 풀리지 않은 미스터리한 부분이 많았고, 관련해서는 석동출의 증언에 기대어 기술된 것이 대부분이었다.

그래서 요즘은 조금 시들해지긴 했지만, 당시만 하더라도 김기환이 운영하는 도깨비 신문 사이트 내부 게시판에서는 이용자들끼리 저마다 이런저런 추리를 내놓기 바빴을 정도였다.

하지만 경찰은 경찰대로, 비리 형사인 배성준이 얽힌 이번 사건을 적당한 선에서 덮길 바랐고, 조광 측도—여러 정치적 이유에서—그렇게까지 일을 깊이 파고들고자 하지 않았다.

'그도 그렇게 공식 입장상으로는 조설훈을 살해한 것이 동생인 조지훈이고, 설령 입장이 반대였다 한들 어느 쪽이건 그날의 진상이 드러나면 피를 볼 것이 분명했으니……'

그러다 보니 조설훈의 죽음에 대해선, 그렇게 상호간의 암묵적 합의 끝에 '덮이는' 것이 되었을 터.

그런데 이제 와서 새삼 조설훈의 죽음을 파헤치고자 한다면, 그날의 진실에 대해 어느 정도 짐작 가는 부분이 있는 조직 및 파벌이 그날의 진실을 들춰 어떤 이익과 접목시키려 한다는 의미일 터.

'조설훈 개인에게 큰 은혜를 입었던 자들일까? 아니면 조지훈의 명예를 회복해서 무언가 이득을 보려고 하는 자들?'

어느 쪽이건 김기환 자신에게 해를 끼치고도 남을 자들이다.

"……."

아차, 또 생각이 길었다.

김기환은 뒤늦게 자신을 관찰하듯 바라보는 사내의 시선을 눈치채곤 괜히 덧붙였다.

"그런데 그건 왜…… 물으시는지요?"

뱉고 보니 침묵이 길었던 변명치고는 구차하단 생각이 들었지만, 이미 엎질러진 물이었다.

"그러면 경찰이 알고 있는 내용을 내게 말해 주시오."

다행히(?) 사내는 김기환이 통밥을 굴리고 있던 걸 문제 삼지 않고 넘어갔기에, 그는 안도하며 질문에 답했다.

"그러니까, 음, 이건 보도 자제 요청이 들어온 내용이긴 합니다만……."

김기환은 석동출 형사의 이름을 밝히기 직전, 그런 정보까지는 밝힐 필요가 없음을 뒤늦게 자각하고는 그를 '어느 형사'로 대체하여 사내에게 경찰 조사 내용을 밝혔다.

"잘 들었소."

김기환의 이야기가 끝나길 기다린 사내가 말했다.

"그럼, 밤중에 실례가 많았습니다."

그리고 사내는 사무실 여기저기를 기웃거리던 부하들에게 눈짓을 했다.

"……ろう！"

응? 일본어인가?

김기환이 어리둥절해하는 사이 사내는 김기환을 향해 꾸벅 묵례를 하고는 그대로 몸을 돌려 성큼성큼 사무실을 나가버렸다.

김기환은 사내와 일행이 돌아가기를 기다렸다가, 사무실이 있는 반지하 창틈에 귀를 기울였다.

부웅.

자동차 배기음이 들리고, 김기환은 안도의 한숨을 내쉬었다.

"휴우, 식겁했네."

대체 뭐가 뭔지…….

김기환은 그러고도 시간을 조금 더 들여 사무실에서 대기하다가 바깥으로 슬쩍 나가 괴한들이 완전히 빠져나간 걸 확인한 뒤에야 핸드폰을 꺼냈다.

'일단…… 보고를 해야겠지.'

이번에는 이성진이 아닌, 잘 아는 경찰에게.

정진건이 김기환의 전화를 받은 건, 모텔 방에서 박순길과 추후 일정을 상의할 겸 캔 맥주를 곁들인 술자리를 파할 즈음이었다.

"여보세요."

-정진건 형사님이십니까?

"그렇소만."

-밤중에 실례했습니다. 도깨비 신문의 김기환이라고 합니다.

수화기 너머 김기환의 인사에 정진건은 슬그머니 방으로 돌아가려던 박순길을 눈짓으로 붙잡았다.

"아, 김기환 기자님. 오랜만입니다."

정진건이 박순길더러 들으란 듯 뱉은 김기환 기자란 말에 박순길은 다시 몸을 돌리며 고개를 끄덕였다.

김기환은 박순길과도 안면을 튼 사이였던 것이다.

-예, 별일은 없으시죠?

"저야 뭐, 평소대로죠. 기자님은요?"

-하하, 별일 없다고 말씀을 드리면 좋겠는데……. 혹시 바쁘십니까?

"아닙니다, 통화 가능합니다."

핸드폰의 대화를 이 자리에 있는 다른 사람도 들을 수 있는 기능이 있으면 좋겠지만 그런 기술이 상용화되는 건 요원할 거 같다고 생각하며, 정진건은 메모장과 볼펜을 꺼냈다.

"기자님, 혹시 무슨 일 있습니까?"

―아, 예. 실은 방금 전…….

김기환은 방금 전 괴한들이 그를 찾아와 '돈을 줘 가면서' 무언가를 물어보고 갔다는 것을 전했다.

"괴한? 다친 곳은 없습니까?"

―예, 뭐, 다행히…….

"다행이군요. 그런데 그들이 뭘 물어보았습니까?"

어차피 누군지도 밝히지 않았을 테니 김기환도 그들을 일컬어 '괴한'이라고 한 것이리라.

―예, 그러니까…….

정진건은 김기환이 해 주는 말을 메모장에 빠르게 휘갈겨 썼다.

"……박상대와 정순애, 그리고 조설훈의 죽음에 관해서?"

―예……. 아, 저도 어쩔 수 없이 경찰 쪽 자료를 말하기는 했습니다만, 석동출 형사 이름은 말하지 않았습니다.

그 정도야 뭐, 넘어갈 수 있다.

"괜찮습니다. 그때는 어쩔 수 없는 상황이었으니까요."

―예, 이해해 주셔서 감사합니다.

"지금은 혼자 계십니까?"

-예.

"우선 사무실 문을 잠그고 계십시오. 그곳으로 강 형사를 보내겠습니다.

정진건의 말에 김기환은 조금 껄쩍지근한 말투로 물었다.

-아, 예. 그렇게 하겠습니다. 저기, 정 형사님은……

"지금은 그쪽에 갈 수가 없는 상황이어서요. 우선 강 형사를 믿고 기다려 주십시오. 아니면 순찰차를 보내겠습니다."

-아뇨, 아닙니다. 저도 일이 커지는 건 별로 바라지 않고…… 그냥 강 형사님을 기다리죠.

"예. 아, 혹시 그들의 인상착의에서 특이한 점은 없었습니까?"

-글쎄요, 좀 위험한 냄새가 난다는 것 외에는……. 어두워서 번호판도 못 봤고요.

흠, 별 소득이 없군.

'받았다는 봉투에서 지문이라도 떠 봐야 하나?'

별로 기대할 만한 건 안 나올 거 같은데.

김기환이 덧붙였다.

-아, 마지막에 돌아가면서 이런 말을 했습니다. 카에루? 아니 카에로? 그런 말을 했는데, 아는 말입니까?

카에루? 카에로? 일본어인가?

"죄송합니다, 잘 모르겠군요. 일단 숙지는 해 두겠습니다. 해당 내용은 강 형사에게도 말씀해 주십시오."

-예.

"그러면 강 형사에게 연락을 해야 하니 먼저 끊겠습니다."

-예.

그렇게 통화를 마친 뒤, 정진건은 핸드폰을 한 번 닫았다가 열며 강하윤의 번호를 꾹꾹 눌렀다.

몇 차례 신호가 가고, 강하윤이 전화를 받았다.

-여보세요.

"강 형사? 날세. 정진건."

-아, 선배님.

강하윤이 어조를 고쳐 말을 받았다.

-부산에는 잘 도착하셨습니까?

"응. 그보단…… 강 형사, 혹시 퇴근했나?"

-아……. 네. 그렇습니다.

강하윤은 먼저 퇴근한 게 죄인 양 조금 기어 들어가는 목소리가 됐다.

"그렇다면 조금 미안하게 됐군."

-아닙니다, 말씀하십시오.

"음, 그러면…… 도깨비 신문사 알지?"

-예? 아, 네. 알고 있습니다.

"괜찮으면 거기 좀 가 주겠나?"

수화기 너머, 부스럭거리며 강하윤이 옷가지를 챙기는 소리가 들렸다.

-예, 가겠습니다. 그런데 무슨 일인지…….

정진건은 옆에서 기다리는 박순길에게 방금 통화 내용을 들려줄 겸, 김기환에게 들은 내용을 그녀에게 알려 주었다.

-괴한이…… 알겠습니다. 곧장 가겠습니다. 마침 여진환 형사도 함께 있으니 동행해도 되겠습니까?

응? 여진환이랑 같이 있다고?

"어, 음. 그러면 그렇게 해 주게나."

-예, 선배님! 그러면 먼저 실례하겠습니다!

강하윤은 씩씩하게 말하며 전화를 끊었고, 정진건은 박순길을 보며 어깨를 으쓱였다.

"출발하겠다는군."

"저도 들었구먼요."

박순길이 씩 웃으며 말을 이었다.

"진환이랑 함께 있었다지라?"

"……들렸나?"

"조금요. 아따, 그나저나 강 형사랑 진환이가 고렇고 고런 사이인 건 몰랐는데 말이어라."

그건 정진건도 동의하는 바였지만 강하윤도 숨기는 기색 없이 떳떳하게 대답한 걸 보면 왠지 헛다리를 짚고 있는 건 아닐까, 싶기도 했다.

"흠, 아무리 사생활이라지만 사내 연애는 좀 거시기 한 데……"

박순길의 말에 정진건이 쓴웃음을 지었다.

"놀리지 말게. 아무튼 오늘은 잠들지 않고 그쪽의 소식을 기다려 봐야겠군."

제 방으로 돌아가려던 박순길은 아예 몸을 돌려 모텔 바닥에 다시 엉덩이를 붙였다.

"그럽시다. 근데 정 형사님, 김 기자는 돈을 얼마나 받았당가요?"

"……안 물어봤네."

"하하, 농담입니다, 농담."

자신이 뱉은 실없는 소리로 한 차례 웃은 박순길이 웃음을 거두며 말을 이었다.

"그보단 아까 김 기자가 그치들이 카에로? 그런 말을 했다고 했습니까?"

"음, 카에로인지 카에루인지는 모르겠지만. 아는 말인가?"

"예. 일본어구만요."

"그래?"

박순길이 고개를 끄덕였다.

"말 자체는 뭐, '돌아가자!' 이런 거여서 별 중요한 말은 아니어라."

"……음."

박순길이 일본어도 할 줄이야.

이래저래 다재다능한 남자라고 생각했다.

"문제는."

박순길이 턱을 긁적였다.

"일본 놈들이 그걸 왜 캐묻고 다니는가, 하는 것이겠구먼
요."

정진건은 그 말을 들으며 고개를 끄덕였다.

'그래, 그것도 마치…… 자신들이 일본인임을 알아 달라는
듯이 말이야.'

박순길과 정진건의 기대(?)와 달리, 아무런 사심 없이 여진
환과 커피를 한잔하고 있던 강하윤은 전화를 끊는 것과 동시
에 짐을 챙겨 일어섰다.

"여 형사, 움직이자."

"도깨비 신문사로 말입니까?"

앞서 정진건과 통화하던 강하윤의 말에서 '도깨비 신문'이
언급되어서, 그러지 않을까 하고 생각한 것이었다.

"응, 거기. 도깨비 신문의 김기환 대표님이 선배님께 잠시
조사차 와 달라고 부탁하셨던 모양이야."

여진환이 커피 트레이를 주섬주섬 챙기며 대답했다.

"그랬군요."

그러며 여진환은 속으로 돌고 돌아 다시 그 신문사와 접촉

하게 된 것에 묘한 감상에 빠졌다.

도깨비 신문이라는 인터넷 신문사는 여진환의 귀에도 여러 차례 오르내린 이름이었다.

우선, 그는 석동출이 배성준 형사에게 'SJ컴퍼니와 도깨비 신문의 관계'에 대해 조사해 달라는 부탁이 있었다는 이야기를 들었고, 이후 이성진이 도깨비 신문의 투자자라는 것을 알게 되었다.

그 과정에 여진환은 김보성과 만나 관련한 이야기를 나누고, 또 이성진 본인을 직접 만나 본 이후 이성진이 조설훈의 죽음에 개입했을 것이란 가설은 자체적으로 폐기하였다.

'물론 아직 풀리지 않은 의문은 몇 가지 정도 있긴 하지만.'

이를테면 배성준이 죽기 전 조설훈에게 마지막으로 보낸 문자 메시지 속 'ㅇㅅㅈ'이라는 초성이라거나.

당시 여진환은 관련해 정진건과 상의를 해 보았지만, 그 자리에서는 서로가 무엇 하나 명확하게 와닿는 것 없이 두루 뭉술한 가설만 내놓았을 뿐이었다.

그리고 그 일을 더 캐 보기 전, '광남파'라는 마약 밀매 조직의 존재가 수면 위로 부상하면서 그 일을 잠시 뒤로 물렸던 것인데…….

'조광이 다시 안정적으로 자리를 잡아 가고 있는 와중에 다시 이런 일이 생기다니. 아니 오히려 그렇기 때문에 다시 들춰 볼 여유가 생긴 건가?'

여진환은 왠지 모르게 이 일이 조광 그룹의 일과 무관하지 않을 것만 같다고 직감하며 강하윤에게 물었다.

"그런데 아까 들으니 괴한 어쩌고 하고 말씀하신 거 같던데요."

"응."

강하윤이 딱딱한 얼굴로 대답했다.

"물리적인 충돌은 없었다는 거 같지만……. 일단 가서 자세히 들어 보려고."

하긴 공공장소에서 수사와 관련한 이야기를 크게 떠들 수는 없으니.

강하윤이 쓴웃음을 지었다.

"미안, 시간상으로는 이미 퇴근했는데."

"괘념치 마십쇼. 오히려 집에 들어가기 전에 연락을 받아서 다행이라고 생각하니까요, 하하."

"응."

말은 그렇게 했지만, 여진환은 왠지 모르게 괜히 속이 뜨끔했다.

선배 형사들이 출장으로 자리를 비우고 모처럼 단둘이 남게 된 상황에, '상담'을 빌미로 퇴근 뒤까지 강하윤을 붙들고 늘어진 여진환에게 아무런 '사심'도 없었다면 거짓말이었다.

강하윤은 자각하지 못하는 모양이지만 서 내부에도 강하윤의 숨은 팬이 많았고, 임자 없는 결혼적령기의 남성이 실력과 인품, 미모까지 겸비한 강하윤에게 끌리지 않기란 힘든 일이니까.

'그리고 아마 다들 정진건 형사님이 무서워서 집적거리지 않는 것도 있겠지.'

여진환 역시도 어느샌가 강하윤의 뒷모습을 눈으로 좇곤 하는 자신을 자각하게 되었고, 다른 한편으론 그런 자신의 생각을 자각하면 할수록 이 자리에 없는 석동출에 대해 괜한 양심의 가책을 느끼며 홀로 괴로워하곤 했다.

'끙, 그야 강 형사님은 동출이 형한테 아무런 감정도 없는 건 분명하긴 한데…….'

강하윤이 조수석에 올라탄 여진환을 물끄러미 보았다.

"무슨 생각해?"

"예?"

"아니 뭔가 생각이 많아 보이는 얼굴이어서."

"아, 아아, 그거요."

여진환이 얼른 둘러댔다.

"대체 무슨 일인가 해서요. 구체적으로 무슨 일이 있었던 겁니까?"

"응, 아까는 제대로 이야기를 못 했지?"

강하윤이 도깨비 신문사로 차를 몰며 정진건에게 들은 이야기를 진지한 얼굴로 전했다.

"……물론 자세한 건 김기환 대표님을 만나서 들어 봐야겠지만 말이야."

"흐음."

금세 업무 스위치를 켠 여진환도 진지한 얼굴로 고개를 끄덕였다.

"그리고 괴한은 '카에루'란 말을 했단 말이죠?"

"응, 그 직후 돌아갔다고 했으니까 돌아가자, 같은 말이 아닐까."

"말씀대로입니다. 일본어로 돌아가자, 란 말이니까요?"

"여 형사, 일본어도 해?"

"고등학생 때 잠깐 배웠습니다."

여진환이 담담히 말을 이었다.

"강 형사님의 이야기를 듣고 나니 저는 왠지 그들이 혹시 조광 쪽의 관계자가 아닐까, 하는 생각이 드는군요."

"조광?"

여진환이 고개를 끄덕였다.

"예. 공교로운 일입니다만…… 불현듯 이번에 조광그룹 CEO로 취임한 이철희가 재일교포라는 것이 떠올라서요."

"어, 그랬어?"

"예. 신문에 그렇게 나와 있더군요."

"흐음."

곰곰이 생각하던 강하윤은 운전대를 쥔 채로 어깨를 으쓱였다.

"아무리 그래도 이철희 씨가 재일교포라는 것과 괴한이 일본어를 썼다는 걸로 엮는 건 너무한 억측 아닐까?"

"그렇죠. 인정합니다."

여진환은 강하윤의 지적을 담담히 수긍했다.

"하지만 다른 한편으론 우연치고는 공교롭다는 생각도 들지 않습니까?"

강하윤의 이야기를 듣기 전까지만 하더라도 '조광과 연루된 일'이란 것도 직감에 불과했지만, 지금 여진환 안에서 해당 가설은 꽤 그럴듯한 확신으로 굳어 있었다.

"그리고 이제 와서 그 일을 캐내기 위해 돈까지 줘 가며 도깨비 신문을 급습할 조직은 조광 외엔 떠오르질 않더군요. 아는 사람은 아는 이야기지만, 조설훈의 죽음에 대해 아직 명확하게 규명된 내용은 없다시피 하지 않습니까."

"······."

"아무튼 저는 그래서······."

여진환은 불현듯 떠오른 생각에 말을 잇다 말았다.

'······아니 오히려 그쪽을 조사하는 중이란 걸 알아달라는 신호라면?'

하지만 대체 왜?

"여 형사, 왜 말을 하려다 말아?"

"아뇨······."

'이 생각은 너무 나갔나 싶어' 얼버무리려던 여진환은 생각을 고쳐 강하윤에게 물었다.

"그나저나 강 형사님, 그들은 왜 새삼 그런 말을 한 걸까요?"

"그런 말이라니?"

"'카에루'말입니다."

"응? 그야……"

돌아갈 때가 됐으니까? 하고 당연한 답을 하려던 강하윤은 스스로도 멍청한 대답일 거라고 생각하곤 되물었다.

"여 형사 생각은 어떤데?"

"저는……"

자신의 가설에 대해 확신하지 못한 여진환은 조심스레 말을 이었다.

"저희들로 하여금, 자신들이 일본인임을 알아달라는 신호가 아닐까, 생각했습니다."

"응? 그게 무슨 말이야?"

"괴한이 자신도 모르게 실수를 저지른 게 아니라면, 거기서 굳이 일본어를 할 필요는 없지 않았겠습니까? 일부러 자신들이 일본, 또는 일본과 관련자임을 티내서 저 같은 사람이 '조광'과 '이철희'를 떠올리게 만들 필요는 없으니까요."

여진환의 말에 강하윤이 쓴웃음을 지었다.

"에이, 그건 너무 생각했다. 사실 그런 내용 정도는 사후보고에 충분히 누락될 수도 있는 말이기도 하고, 설령 그렇다고 한들 무슨 의도로 그랬겠어?"

"……말씀대로입니다. 그래서 저도 말을 하려다 아차 싶었던 거고요."

강하윤의 지적도 타당한 것이, 여진환의 사고도 거기서 막혔다.

만약 그들이 거기서 '일부러' 일본어를 한 거라면, 대체 무슨 목적으로 그랬는가?

그들의 정체며 의도를 모르는 이상, 그런 식의 사고는 꼬리에 꼬리를 물고 바닥 모를 늪에 빠지고 마는 것이다.

강하윤이 빙긋 웃으며 여진환을 힐끗 보았다.

"가끔 보면 여 형사는 생각이 너무 많아."

"죄송합니다."

"에이, 사과할 건 아니지."

강하윤이 픽 웃었다.

"아무튼 내가 하고 싶은 말은, 세상에는 복잡한 일도 많지만 대부분의 일은 알고 보면 단순하다는 거야. 오히려 복잡하게 생각해서 결론이 나오는 것보다는 별것 아닌 이유가 더 많을걸?"

"……아, 네."

강하윤이야 물론 위로랍시고 해 준 것이겠지만, 여진환은 속으로 이번 일만큼은 강하윤의 말과 달리 마냥 단순하지는 않을 것 같다고 생각했다.

"흐음, 왠지 동의하지 않는 것 같네?"

"아, 아닙니다. 오해입니다."

"아니야, 오히려 가능하면 계속 그래 주면 좋겠어. 나는 뭐랄까, 단순한 편이거든."

강하윤이 말을 이었다.

"이런 나니까 신중한 버디가 균형을 맞춰 주는 게 더 좋다고 생각해. ……아, 이건 여 형사에게 너무 부담이 큰일인가?"

"아뇨."

여진환이 쓴웃음을 지었다.

"말씀대로라고 생각합니다."

"흐음, 그 말인즉, 여 형사는 내가 단순하단 거지?"

"……그게 왜 그런 식으로 되는 겁니까?"

"농담이야, 농담."

강하윤이 웃으며 핸들을 틀었다.

"아무튼 이제 다 왔으니까, 다시 집중하자."

"예."

적당한 곳에 차를 세운 뒤, 두 사람은 도깨비 신문 사무실로 향했다.

"그런데 회사가 왜 반지하에 있는 겁니까?"

"……글쎄? 투자가 부족했나?"

그는 일본에서 쓰는 통명(通名 : 츠메이)으로는 가네모토 가츠라, 교포 사회에서 쓰이는 본명(本名 : 혼묘)으로는 김갑일이라 불렸다.

하지만 그는 최근 일본 이름이며 '조선 이름'보다는—주로 강미자에게—'김 실장'이라 불리는 주기가 더 잦은 편이었다.

김갑일, 그는 지금 도깨비 신문사가 있는 해당 건물 2층 창가에 자리를 잡고서 주차된 차를 바라보는 중이었다.

'저들인가? 생각보다 더 빨리 왔군.'

남녀 둘이 차에서 내렸고, 그들은 도깨비 신문이 있는 지하로 향했다.

김기환이 '그들이 돌아간 것을 확인'하고 있을 때, 김갑일은 곧장 계단을 올라와 이미 자리를 잡고 있었다.

등잔 밑이 어두운 법이라고, 저들은 아까 사무실에 방문한 괴한들이 해당 건물에 자리를 잡고 있을 거라곤 상상도 못했을 것이다.

그들은 몇 달 전부터 페이퍼 컴퍼니를 만들어 사무실을 임대한 상황에 작전을 실행에 옮겼고, 오늘은 그 주사위가 던져진 날이기도 했다.

'한 명은 여자인 걸 보면, 예의 강하윤 형사인 거 같군. 다른 하나는……'

두 형사의 동선을 확인한 김갑일은 창에서 멀어져 각종 음향 장비가 즐비한 탁자로 향했다.

꽤나 큰돈을 들여 장만한 도청 기기인 만큼 그는 내심 이 일이 허튼짓으로 끝나지 않길 바랐고, 어쩌면 이 노력이 헛된 일은 아닐 것 같았다.

'분명 아까 정진건과 통화에서 석동출이란 이름을 말했겠다, 조금만 더 캐면 꼬리가 잡힐 것 같은데.'

이번에도 유의미한 정보가 나와 준다면 좋겠는데.

김갑일은 헤드셋 한쪽에 귀를 가져다 댄 채로 주파수를 조절했다.

-치직, 치익……세요.

-예, 오랜……칙……입니다. 그쪽은…….

-여진환 형사라고 합니다.

주파수를 조금 만져 주니 소리가 제법 또렷하게 들렸다.

-아, 예. 도깨비 신문 김기환 대표입니다.

김기환이 방문한 형사들과 인사를 주고받았다.

사실 아까 전, 인원을 대동해 도깨비 신문사를 급습했던 건 어디까지나 눈속임.

어차피 그에게서 들은 내용은 김갑일이 몸담고 있는 강미자 측도 입수했던 흔한 정보였다.

김갑일이 시간을 끄는 동안 부하들은 사무실 곳곳에 발신기를 설치했고, 사무실에서 들리는 내용은 2층에 있는 음향

기기를 통해 전달되도록 해 둔 상황.

'그나저나 여진환 형사라.'

가지고 있는 정보로는 얼마 전 순경에서 진급해 광수대로 배치된 신입 형사였다.

'일단 체크해 두기로 할까. ……그나저나 대한민국 형사들의 대화를 도청하려 하다니 아가씨도 대담하군.'

김갑일은 도청기 옆 메모지에 여진환의 이름 석 자를 끼적이며 신문사에서 들리는 대화에 귀를 기울였다.

인사를 마치고 간단한 사정 청취가 이어졌다.

사정 청취라고는 하나, 이번 출동은 아직 비공식적인 일에 가까웠다.

그도 그럴 것이 도깨비 신문 회사가 김기환의 개인 사택인 것도 아니고, 그들은 폭력을 행사하기는커녕 정보를 요구한 뒤 정당한(?) 대가를 지불하기까지 했으니.

'하물며 그 대가에 뇌물성 청탁이 있었던 것도 아닌 마당에야…….'

만약 괴한들이 김기환에게 돈을 주고 어떤 기사를 의뢰한 거라면 어떻게든 공론화로 끌고 갈 수도 있겠지만, 그런 것도 아니었고.

"……그러니까, 괴한이 처음으로 물어본 건 대표님이 중우일보를 나오게 된 일에 대해서였습니까?"

강하윤의 말에 김기환이 고개를 저었다.

"아뇨, 정확히는 저에게 그 일로 '해고'되지 않았냐고 묻더군요. 아마 그들도 자세히는 몰랐던 거 같습니다."

"그렇군요."

강하윤은 김기환의 사족 같은 개인 의견도 일단 메모는 했다.

"그다음 질문이 정순애 씨와 강선이를 한국에 초빙한 일에 대해서고요?"

"예."

강하윤은 문득 언젠가 양상춘이 말한 내용을 머릿속에 떠올렸다.

「참으로 공교로운 이야기지만, 이때 태국에 있던 정순애를 한국에 불러온 것은 이성진이거나 그 관계자였을 것이야.」

그러며 양상춘은 김기환의 도깨비 신문사가 이성진의 투자를 받아 설립된 회사라는 것을 그 근거로 들었다.

'그러면서 양상춘 박사님은 성진이가 박상대를 실각시키기 위해 처음부터 계획적으로 움직인 거라고 말씀하셨지. 그러면서 그 건은 당초 계획과 달리 박상대의 예비 장인이던 최

갑철 의원 선에서 덮였을 거란 식의 말씀도 하셨고……'

당시만 하더라도 이성진에게 모종의 혐의를 두고 있던 양상춘이 지금은 그 산하 회사에 취직해 일을 하고 있는 현실이 어딘지 조금 아이러니하긴 했다.

'실제로도 성진이는 결백했는걸. 당시엔 박사님의 생각이 과했어.'

하지만 이성진이 양상춘에게 이미 (약간의 거짓말과 자기변호를 섞어)자신이 김기환을 사주하여 정순애를 한국에 불러들인 걸 고백했음을 모르고 있던 강하윤은 그 일을 대수롭지 않게 여기며 이어진 김기환의 말을 경청했다.

"그러면서 저에게 정순애 씨가 살해된 걸 알게 된 것이 언제였는지를 묻더군요."

"……음."

괴한은 왜 그런 걸 물어본 걸까.

강하윤은 왠지 모르게 그 표적이 이성진을 향해 있는 것 같다고 느끼며 조심스레 물었다.

"대표님은 그에게 뭐라고 답하셨습니까?"

"시체가 발견되고 난 뒤 조금 뒤라고 답했죠. 그런데 그 대답 후엔 관련해 더 묻는 일 없이 바로 다음 질문으로 넘어가더군요."

"다음 질문으로요?"

괴한이 그 건을 더 캐묻는 일은 없었단 의미였다.

"예. 조설훈의 죽음에 대해 얼마나 알고 있는지를 물어보더군요."

김기환의 대답에 강하윤은 움찔했고, 여진환도 귀를 기울였다.

"뭐라고 답하셨습니까?"

"자세히는 모른다고……. 경찰이 아는 것 이상은 저도 모른다고 대답했습니다."

잠자코 있던 여진환이 툭 끼어들었다.

"그래서 경찰 정보를 그에게 말하셨습니까?"

그 서슬 퍼런 눈길에 김기환은 저도 모르게 어깨를 움츠렸다.

"여 형사."

강하윤이 주의를 주었고, 여진환은 김기환에게 고개를 꾸벅 숙였다.

"죄송합니다."

"아닙니다. 뭐……. 일단 답해 드리자면, 내용을 말했습니다."

"……."

"아, 물론 자세히는 아니었습니다. 석동출 형사 이름도 발설하지 않았고요. 최대한 객관적으로 말했다고 생각……합니다."

강하윤이 다시 바통을 넘겨 받았다.

"구체적으로는요?"

"음, 그러니까……."

김기환은 자신이 알고 있는, 석동출의 증언을 토대로 한 경찰 측의 자료를 이들에게 설명했다.

"……제가 답한 건 그게 전부였습니다."

김기환이 전한 건 현장의 디테일을 배제한 담백한 것이어서, 언뜻 들으면 무해하게 들리기도 했다.

"이후 저와 대화를 나눈 남자는 '잘 들었소' 하고 '밤중에 실례가 많았'다는 말을 한 뒤, 카에루? 아무튼 그 말을 꺼냈죠. 남자의 명령에 괴한들은 일사불란하게 회사를 떠났고요."

"그랬군요."

일단 보도 자제 요청이 내려온 정보를 괴한이 요구했고, 그 과정에 모종의 강압이 있었다는 것으로 엮으면 괴한을 공식적으로 수사할 수 있을지도 모르겠다고 강하윤은 생각했다.

"그러면 대표님, 괴한이 주었다던 봉투를 확인해 봐도 될까요?"

"물론입니다. 여기……."

김기환이 서랍에 넣어 둔 봉투를 건네려 할 때, 강하윤이 그를 제지했다.

"잠시만요. 혹시 지문이 있을지 모르니……."

"아."

강하윤의 말에 김기환은 아차 싶은 얼굴이 됐다.

"저, 이미 건드렸는데……."

"……."

"아, 그래도 제 기억에는 괴한이 가죽 장갑 같은 걸 끼고
있었던 거 같아서, 괜찮을 겁니다."

김기환은 말하고 보니 그걸 '괜찮다'고 해도 되는 건가, 하
는 생각이 들었다.

"알겠습니다. 그러면……."

그래도 강하윤은 일단 주머니에서 항시 휴대하고 다니는
장갑을 끼고 봉투 안을 살폈다.

김기환이 슬쩍 말했다.

"딱 100만 원이던데요."

"……."

흠, 내용까지 확인한 건가.

하긴, 그 정도로 철저하게 움직인 범인이 지폐에 자신의
지문을 남길 정도로 허술하다고는 생각하지 않았다만.

강하윤이 봉투를 비닐백에 집어넣었다.

"일단 봉투는 저희가 맡아 두겠습니다."

"예."

조금 입안이 쓰긴 하지만, 경찰을 부른 이상 각오한 바였
다.

'쩝. 그냥 성진이에게 말을 할 걸 그랬나…….'

뭐, 천하의 이성진이라고 하더라도 자신을 비호해 줄 힘은 없으니 결과적으론 지금처럼 공권력에 기대는 결말로 귀결했으리라.

"협조 감사드립니다."

"아뇨, 뭘요. 저야 피해를 본 일도 없고……. 오히려 밤늦게 오시게 해서 죄송할 따름입니다."

김기환이 물었다.

"그런데 정 형사님은 바쁘신 모양입니다."

강하윤이 쓴웃음을 지었다.

"예, 마침 부산에 출장을 가셨거든요."

"부산으로요? 멀리도 가셨군요. 그런데 정 형사님 버디는 강 형사님 아니셨습니까?"

"그렇기는 한데 이번에는…… 아, 박순길 형사님이랑도 아는 사이셨죠? 박순길 형사님이랑 가셨습니다."

"아하……. 어라, 그렇다는 건 박 형사님도 광수대로 오신 겁니까?"

"네."

피차 조금 면식도 있겠다, 대화의 흐름이 조금 사교적인 방향을 향하고 있을 때, 갑자기 지금껏 잠자코 여진환이 불쑥 끼어들어 사무적으로 물었다.

"대표님, 괴한은 도합 몇 명이었습니까?"

여진환이 조금 불편한 김기환이었지만, 그는 여진환의 사

무적인 어조에 '하긴, 당연한 수순을 깜빡했네' 하고 생각하
며 대답했다.

"대여섯……."

"……."

"아니 정확히 여섯 명이었습니다."

"여섯 명이라……. 대화를 나눈 대장 격인 인물을 포함해
서요?"

"예."

여진환은 메모장을 넘겨 가며 필기를 하더니 재차 물었다.

"그러면 대장 격인 괴한의 인상착의는 어땠습니까?"

"글쎄요……. 험한 일 하게 생겼다는 것 정도 말고는 눈에
띄는 특징이 없었습니다."

"얼굴에 점이 있었다거나 하는 것도 없었고요?"

"예? 아, 네."

이제 돌아가자는 말을 하려던 강하윤은 여진환이 보이는
꽤나 열성적인 모습에 고개를 갸웃했다.

'새삼스러운 질문이네.'

그런 이야기는 김기환도 이미 정진건에게 했던 내용이고,
강하윤도 이미 알고 있는 내용이었던 것이다.

'음, 깜빡하고 여 형사랑 공유를 하지 않은 내 잘못도 있지
만.'

한편 여진환은 형식적인 질문을 이어 가며 메모장을 끼적

였다.

"괴한들이 타고 온 차종이나 번호판은요?"

"그게, 어두워서……."

여진환이 고개를 끄덕였다.

"알겠습니다. 그럼 지금 서에 동행해서 몽타주를 만들어 보죠."

이 밤중에 그럴 필요까지야, 하고 말리려던 강하윤은 여진환이 동시에 내민 메모지를 보곤 입을 다물었다.

'도청, 밖으로'

김기환도 그 메모지를 보곤 움찔하며 대답했다.

"아, 예. 그러면 그렇게 할까요? 최대한 기억에 남아 있을 때……."

여진환은 메모지를 넘겨 강하윤에게 내용을 보여 주면서 말을 받았다.

"알겠습니다. 그러면 함께 가시죠."

여진환이 보여 준 메모를 확인한 강하윤이 고개를 끄덕였다.

"응, 그러면 먼저 가서 차 끌고 올게."

"예."

강하윤이 차로 향하는 걸 지켜보며 여진환은 천천히 그 뒤를 따랐고, 김기환은 입을 다문 채 눈알을 데룩데룩 굴렸다.

'도청? 갑자기 무슨 소리야?'

하지만 생각해 보니, 김기환은 자신이 괴한과 대화를 하는데 정신이 팔려 그 부하들이 뭘 하는지는 확인하지 못한 게 머릿속에 떠올랐다.

'이거…… 어쩌면 나도 모르게 위험한 일에 발을 들이고만 건 아닐까.'

저널리스트로서 위험은 운락정에서 최갑철을 만났을 때나 조설훈의 사주를 받은 구봉팔에게 위협을 당했을(당한 척했을) 때가 정점이라고 생각했는데, 그게 아니었던 모양이다.

그런 분위기여서 그런지, 김기환은 사무실을 나와서도 섣불리 입을 떼지 못했다.

잠시 후 입구까지 차를 끌고 온 강하윤이 운전석에서 내렸다.

"그러면 대표님은 운전해서 인근 파출소로 가 주세요."

"강 형사님은……."

"나중에 연락드리겠습니다."

강하윤도 아직 어떻게 된 일인지 감은 오질 않은 상황이었지만, 그녀는 일단 여진환의 판단을 믿었다.

김기환이 모는 차가 출발하자마자 강하윤이 여진환을 보았다.

"어떻게 할까?"

"일단……."

여진환이 산단봉을 챙기며 말을 이었다.

"앞장서겠습니다. 강 형사님은 뒤를 부탁합니다."

"그래. 지원은 내가 해 둘게."

"예."

여진환은 강하윤을 남겨 두고 곧장 건물로 향했다.

사실, 실제로 도청이 이루어지고 있었는지는 모른다.

하지만 여진환은 김기환의 증언을 들으며 어떤 위화감을 느꼈다.

괴한이 김기환에게 던진 질문은 핵심을 꿰뚫는 예리함이 있었지만, 김기환이 내놓은 대답은 두루뭉술하고 흐리멍덩한 것들이었다.

그럼에도 괴한은 디테일을 요구하지 않았다.

'즉, 그들에겐 김기환이 내놓는 답이 중요한 게 아니었단 의미야. 그러면서도 질문은 어느 사건을 향해 있었고…… 괴한들에겐 김기환이 누구에게 도움을 요청할지가 중요하지.'

그때부터 여진환은 범인의 목적은 김기환에게 '대답'을 듣는 게 아닐 거라고 예상했다.

그 생각은 김기환이 하릴없이 뱉고 강하윤이 별생각 없이 대답한 내용에서 확신을 향했다.

'……씁, 차라리 내 생각이 틀렸으면 좋겠는데.'

여진환은 최대한 소리를 죽여 계단을 올랐다.

'만약 범인이 도청을 한다면…… 다른 곳보단 되도록 가까운 2층을 쓰겠지.'

건물에 들어와 보니, '돈이 부족하지는 않을' 도깨비 신문이 어째서 반지하에 사무실을 차려 두고 있었던 것인지 이해가 되었다.

'차려도 하필이면 이런 곳에 회사를 차리나.'

1층을 공란으로 비워 두고서 2층부터 시작되는 건물은 여러 사무실에 임대를 내어주는 형태로, 복도가 미로처럼 얽힌 형태였다.

그런 환경에 도깨비 신문사는 벽을 트는 일 없이 넓은 공간을 사용하기 위해 반지하를 택한 것이리라.

'쫓고 쫓기엔 최악의 환경이군.'

밤이 꽤 깊어서인지 임대로 내놓은 대부분의 사무실은 비어 있었다.

'과연 사무실 내에 몇 놈이 남아 있을지는 모르겠지만⋯⋯.'

그래도 조용한 덕분에, 인기척을 쫓으면 그 발자취를 쫓기는 쉬울 듯하다.

그때였다.

'응?'

여진환은 저 멀리서 차량 배기음을 듣자마자 얼른 코너를 꺾어 달렸다.

그러고도 여진환은 복도를 조금 더 꺾어 달려야 했고, 열린 뒷문 아래, 철제 난간 아래 그가 내려다본 것은 멀어지는 자동차 힌 대뿐.

괴한임이 분명함에도, 쫓아가기엔 이미 너무 늦었다.

"젠장!"

이런 상황에 여진환이 할 수 있는 것이라곤 애꿎은 건물 벽을 주먹으로 쾅, 후려치는 것뿐이었다.

'꽤나 눈치가 빠른 친구로군.'

김갑일은 차를 몰며 픽 웃었다.

'한국 경찰도 꽤 유능한 모양이야. 덕분에 도청기를 챙길 여력도 없었으니까.'

아무리 재빨리 움직인다 한들, 크고 무거운 도청 수신기를 옮겨 가며 몇 분 안에 탈출하는 건 현실적으로 불가능한 일이다.

그래서 김갑일은 여진환이 도청기를 눈치챈 낌새가 느껴지자마자 재빨리 몸만 내빼 현장을 빠져나가는 중이었다.

'그 건도 보고는 해야겠지.'

아마 강미자라면 도청기기를 회수하지 못한 것 정도쯤은 대수롭지 않게 여길 공산이 크지만.

김갑일은 한 손으로 운전을 하며 가죽 장갑을 입으로 물어 벗은 뒤, 핸드폰을 꺼내 강미자에게 전화를 걸었다.

예전 같으면 공중전화 부스를 찾아 꾸역꾸역 동전을 먹여

가며 통화를 해야 했으나, 핸드폰이 (비교적)대중화가 된 이후
로는 그런 번거로운 일을 덜 수 있어서 좋았다.

몇 차례 신호가 간 뒤 강미자가 전화를 받았다.

"김 실장입니다."

김갑일이 먼저 자신의 신분을 밝히자 강미자의 목소리가
핸드폰을 거쳐 귓가에 닿았다.

—어떻게 됐어요?

"빠져나오는 중입니다. 그리고 저쪽이 생각보다 일찍 눈치
를 채는 바람에 장비는 회수하지 못했습니다."

—신경 쓰지 마세요. 그런 건.

짐작대로 강미자는 1회용으로 쓰인 값비싼 도청기기를 회
수하지 못한 일을 문제 삼지 않았다.

—그보다, 새로운 정보는요?

"예상대로 그들은 석동출에 대해 알고 있더군요. 또, 정진
건 형사가 지금 부산에 있다는 것도 알아냈습니다."

—……그렇군요.

강미자가 잠시 뜸을 들인 뒤 말을 이었다.

—정진건 형사는 지금 부산에 있는 석동출을 만나러 간 걸지도 모르겠
네요. 김 실장은 부산으로 가서 사람들과 합류하세요.

강미자는 이 늦은 시간에도 곧장 부산으로 직행하라는 명
령을 아무렇지도 않게 내릴 수 있는 여자였다.

"그러겠습니다."

그 명령을 고분고분 따르는 김갑일도 인물은 인물이었지만.

─이만 끊죠. 그리고 요즘은 세화가 집에 와 있으니까, 한동안 바로 전화를 받지 못할지도 몰라요. 그 점은 알아 두세요.

"알겠습니다."

─끊어요.

강미자는 그대로 뚝, 하고 전화를 끊었다.

얼마 전, 강미자가 '석동출'에 대해 알아보라는 명령을 내린 뒤 김갑일은 그녀가 지시한 대로 부하들을 시켜 부산 조폭들의 동향을 알아보도록 했다.

강미자의 예상대로 부산에는 '마동철'이라는 인물이 나타나 부산조폭연합의 감투를 쓰고 있었는데, 그가 실제 마동철과 다른 사람일 거란 강미자의 예측도 들어맞았다.

'아마 정진건 형사란 인물도 거기까진 알아냈을 거야. 이번 부산행도 그와 무관하지 않겠지.'

다만 그런 그들도 석동출이 무슨 빽과 능력으로 버젓이 존재하는 타인을 사칭해 가며 그런 대담한 짓을 벌일 수 있었는가 하는 건 도저히 짐작이 가질 않았다.

'……아가씨는 짐작하시는 바가 있는 모양이지만, 그런 아가씨조차 그에 대한 확신은 없으시니.'

혹시 저번에 집을 방문한 이성진이란 꼬맹이와 관련이 있는 걸까.

김갑일은 곰곰이 생각해 보았지만, 결국엔 자신이 알고 있는 정보로는 추측에 한계가 있다는 사실을 또 한 번 인정해야 했다.

'어쨌거나 부산행이었지. 꽤 오랫동안 운전을 해야 하겠군.'

김갑일은 우선 가까운 주유소에 들러 기름을 넣었다.

'……응?'

그러던 김갑일은 문득 형사들의 대화에서 들린 '박순길 형사'라는 인물에 대해서는 보고를 하지 않았다는 걸 깨달았다.

'뭐, 별일 아니겠지.'

"찾았습니다!"

도청탐지장치를 든 경찰의 보고에 강하윤은 눈을 동그랗게 뜨고 여진환을 보았다.

"진짜 나왔네?"

"……그러게 말입니다."

'여기 도청기가 있다!'는 여진환의 주장이 기우에서 비롯한 호들갑이 아니었다는 것이 증명된 순간이었음에도 불구하고, 여진환은 복잡한 표정이었다.

'이치피 범인도 눈앞에서 놓친 마당이고…….'

강하윤의 지원 요청에 부리나케 달려온 방승혁은 마냥 기뻐 보이지도 않는 여진환에게 다가와 캔 커피를 건넸다.

"한 건 올렸군요."

"……예."

"그래도 더 큰일로 번지기 전에 알아내서 다행 아닙니까."

방승혁의 위로에도 여진환은 고개만 끄덕일 뿐, 떨떠름한 표정은 여전했다.

'상승지향적인 성격이군. 저런 성격이면 경찰에는 안 맞을 텐데.'

방승혁은 캔 커피를 홀짝이며 생각했다.

'한다면 검사라거나……. 뭐, 적성과 맞다고 할 수 있는 직업은 아니지만.'

강하윤이 여진환에게 물었다.

"그런데 여 형사는 어떻게 도청기를 눈치챈 거야?"

"감이었습니다."

여진환은 방승혁이 준 캔 커피를 한 모금 마신 뒤 말을 이었다.

"그런 걸 묻기에 100만 원은 너무 큰돈이죠. 그래서 괴한들에게 다른 꿍꿍이가 있던 건 아닐까, 하고 생각했습니다."

"다른 꿍꿍이?"

"저도 그게 뭔지는 모르지만요."

여진환이 잠시 뜸을 들였다가 말했다.

"범위를 좁혀 보자면 김기환 기자가 따로 연락을 하는 사이일 저희들이 안다고 판단하는 것이겠죠. 하지만……."

여진환이 인상을 구겼다.

"다른 한편으론 이 상황마저 그놈들의 계획은 아닐까, 싶을 정도입니다."

"저번에도 말한 거 같지만 여 형사는 생각이 너무 많아."

강하윤이 쓴웃음을 지었다.

"뭐, 이번에는 그 덕을 보긴 했지만."

"예……."

경찰들이 사무실을 돌아다니며 도청기 찾는 걸 지켜보며 잠자코 있던 방승혁이 고개를 돌렸다.

"아까는 얼핏 들었을 뿐입니다만, 김기환 기자와는 무슨 이야기를 하셨습니까?"

"별거 없었어요."

강하윤이 대답했다.

"사정 청취를 제외하면 정진건 형사님의 안부를 묻기에 잠깐 그 대답을 했고……. 박순길 형사님 이야기도 잠깐 했죠. 김기환 대표님이랑 아는 사이시거든요."

"그렇군요. 별로 대단한 이야기는 아니……."

그때 여진환이 불쑥 끼어들었다.

"그거 때문은 아닐까요?"

"응? 무슨 말이야?"

"그러니까……."

대답하려던 여진환은 아직 도청기를 전부 찾아낸 상황이 아님을 자각하고선 목소리를 낮췄다.

"……그들이 알아내려던 게 광남파 쪽 수사 동향에 대해서는 아닐까, 해서요. 만일 이번 괴한들의 정체가 그쪽의 이권 관계자였다면 광수대가 부산으로 내려가 조사를 하는 것부터가 중요한 정보가 아닐까…… 해서요."

문득 생각나서 말을 하기는 했지만, 말을 할수록 그건 '그렇게까지 공들일 필요가 없는'일임을 자각한 여진환은 알아서 말을 얼버무렸다.

"여 형사님은 왜 그쪽으로 연결해서 생각하셨습니까?"

하지만 방승혁은 여진환의 견해를 바보 취급하지 않으며 그렇게 생각한 근거를 물었고, 여진환은 확신 없는 어조로 대답했다.

"괴한들이 일본어를 사용했다는 게 마음에 걸리더군요. 만약 이 일이 마약밀매와 관련한 것이라면 국제적으로 얽혀 들 수도 있겠단 생각을 했습니다."

"흐음."

만약 그가 여기 오기 전 강하윤에게 말했던'조광'과 '이철희'에 대한 견해를 밀어붙였다면 또 모를까, 지금의 여진환은 미처 그 생각을 떠올리지 못하고 있었다.

"생각은 할 법하군요. 하지만."

방승혁이 캔 커피를 한 모금 홀짝인 뒤 말을 이었다.

"제가 알기로 광남파 건은 아직 공론화가 이루어지지 않은 걸로 압니다. 김기환 기자에게도 그쪽 정보는 넘어가지 않은 걸로 아는데……. 혹시 그분도 알고 있습니까?"

"제가 알기로는 없습니다."

강하윤이 대답했다.

"나중에 김기환 대표님이 돌아오면 여쭤보도록 하겠습니다."

"부탁드리겠습니다. 아, 정진건 형사님께도 일단 이런 일이 있었다는 보고는 드려야 할 것 같군요."

"예."

거듭해서 들려오는 '찾았습니다' 하는 목소리를 들으며 강하윤이 핸드폰을 꺼냈다.

"그럼 잠시 전화 좀 하고 오겠습니다."

"예, 다녀오십시오."

강하윤을 눈짓으로 배웅한 뒤, 방승혁이 여진환을 보았다.

"상황은 이렇게 흘러가고 말았습니다만, 어쩌면 별일 아닐지도 모르죠. 건물 수색 영창을 발부 받는 것도 어렵지 않을 겁니다."

"예……."

대답은 했지만, 설령 건물을 뒤져 도청기 수신기를 찾는다한들 그 명의가 범인 명의 그대로일 거란 건 여진환도 별로 기대하지 않았다.

'이거 참. 젊어서 그런 건가.'

방승혁은 여진환에게 정진건의 이번 부산행에는 정황상 석동출로 의심되는 마동철을 만나러 가는 것도 포함되어 있는 걸 말할까, 생각하다가 관뒀다.

'검사님도 여진환 형사에게는 비밀로 부쳐 달라고 당부했으니……'

여진환의—경찰로서 성격적 적성은 차치하고—직감과 판단 능력만큼은 뛰어나 보였기에 만일 그에게 새로운 정보를 안겨 주면 어떤 추리를 해낼지, 기대하는 점도 없지는 않았다.

'어쨌거나 말은 별거 아닐 거라고 하긴 했지만…… 오늘 일이 마냥 별거 아닐 거 같지는 않군.'

다음 날, 정진건은 아침 일찍 모텔을 나섰다.

"정 형사님, 잠은 잘 주무셨습니까?"

객실 앞 복도에서 만난 박순길의 인사에 정진건은 쓴웃음을 지었다.

"그랬으면 좋겠다만 머리가 영 어질어질하군."

"엥, 침대도 푹신하니 좋더만. 혹시 무슨 일 있었습니까?"

어젯밤 강하윤에게 추가 보고를 받았을 땐 박순길도 방에 들어간 뒤였기에, 박순길은 신문사에서 도청기를 발견한 소식을 몰랐다.

"가면서 이야기하지."

그냥 던져 본 말이었는데 뭔가 있긴 있었던 모양이라고 생각하며 박순길은 고개를 끄덕였다.

"그럽시다. 모텔 주인한테 어디 아침 식사할 만한 곳 좀 물어보지요."

그리고 정진건이 어젯밤 연락을 언급한 건, 박순길이 콩나물국밥을 한 술 뜨기 직전이었다.

"예? 시방 그것이 뭔 소리당가요?"

"말 그대로, 어제 괴한들이 신문사에 도청기를 설치했다더군."

"아따…… 참말로 거시기 하구마잉."

박순길이 목소리를 낮춰 물었다.

"그라믄 혹시 어제 푹 못 주무신 것도 그 때문입니까?"

"음."

"깨우지 그랬습니까."

"이미 지나간 일이니 그럴 필요는 없다고 생각했지. 자네라도 정신이 말짱해야 좋지 않겠나?"

정진건의 실없는 농담에 박순길은 픽 웃었다.

"암요. 오늘은 제가 정 형사님 몫까지 다 해 보겠습니다.

그나저나 진환이 그 친구가 한 건 했구만요."

"음, 강 형사 말로는 눈앞에서 범인을 놓친 것 때문에 의기 소침해 있는 모양이지만······. 지금은 괜찮겠지."

"그럼요. 사내가 돼 갖구 밤에 벌어진 일을 두고서 아침까지 꿍해 있으면 고추 떼야지요."

박순길이 콩나물국밥에 깍두기를 곁들여 으적으적 씹어 먹었다.

"아무튼, 그라믄 피곤하실 텐데 운전은 제가 하겠습니다. 거시기, 보험사가 창원이라고 했당가요?"

원래 오늘 오전은 창원물류공장 화재 건으로 보험 조사원을 만나기로 예정한 바였다.

"아니. 그래서 말인데, 오늘은 따로 움직이는 게 좋을 거 같다는 생각이 드는군."

"따로요?"

"음. 창원에는 내가 가 볼 테니, 자네는 마동철 쪽을 캐 주게나."

정진건이 말을 이었다.

"기분 탓이면 좋겠지만, 이번 일은 그렇게 하는 게 좋을 거 같아서."

오늘 당초 예정을 바꿔 그렇게 하기로 한 건, 정진건도 어젯밤 괴한이 도청기까지 설치했던 걸 신경 쓰고 있단 것이리라.

"뭐어…… 저야 상관없습니다. 그란데 지도 석동출 형사랑은 구면잉께, 쪼까 조심은 해야겠구만요."

아직 마동철의 사칭인이 석동출이란 건 추측에 불과한 일임에도, 박순길은 이미 그렇게 확정하고 있는 모양이었다.

"구면이기는 피차 마찬가지지. 그리고……."

정진건은 잠시 생각하다가 말을 이었다.

"조심하게. 어쩌면 어젯밤 괴한들의 일행이 부산에도 있을지 모르니까."

박순길은 정진건의 당부에 고개를 끄덕였다.

5장

그렇게 박순길은 정진건과 헤어져 단독으로 작전을 수행하게 되었다.

'정 형사님 앞에서는 자신만만하게 말하기는 했는디…….'

박순길도 부산은 이번이 처음이어서, 자기 '나와바리'도 아닌 지역에서 어떻게 움직이면 좋을지 제대로 감이 오질 않았다.

'뭐, 그건 정 형사님도 마찬가지겠지만.'

어제 만난 김강철 형사의 도움을 받을 수 있다면 조금 더 일이 손쉽겠지만, 지금은 김강철 본인이 무언가를 감추고 있다는 걸 의심하는 중이니 그 손을 빌리는 건 일단 보류해야할 성싶었다.

"그러니 그건 일단 내버려 두고⋯⋯."

정진건과 부산으로 내려온 이유 중 하나는 구봉팔이 (실제로 당했는지는 모르겠지만)습격 이후 잠시 몸을 감췄을 때 그가 부산에서 어떤 공작을 하고 있었던 것은 아닌가 하는 가설을 확인하기 위해서였다.

'그러니까 서울이 나와바리인 구봉팔이 부산에 와서 비빌 곳을 찾았다면, 우선은 조광 그룹 계열사 쪽을 들쑤셨으렷다.'

박순길은 메모지를 꺼내 종이에 적힌 주소를 들여다보았다.

'대운유통 박철민 사장.'

조광의 무수한 자회사 중 하나로, 조성광 회장이 지방 진출을 꾀할 때 그 교두보 격으로 설립한 회사였다.

하지만 조성광 회장의 지방 진출은 좌절되었고, 이후 말 그대로 '낙동강 오리알' 신세로 남은 대운유통은 이럭저럭 제 살길을 모색하며 각자도생을 하는 중인 모양이었다.

그럼에도 어쨌건 원류라고 할지 그 뿌리는 조광 그룹임에 틀림이 없었고, 박철민이 조금이라도 야망이 있는 사내라면 조광의 2차 부산 진출일지도 모를 이번 기회를 마냥 수수방관하지는 않았으리라.

그러니 만약 구봉팔이 정체를 숨겨 가며 대강 조광 본사에서 온 양반인 척하고 접근을 했다고 가정한다면, 그가 가장 먼저 이용했을 곳이 바로 여기일 터.

'또, 잘만 하면 한 따까리 해 묵어 버릴 수도 있고…… 피차 이해관계가 맞아떨어진 거지.'

원래는 김강철의 도움을 받아 조사를 해 보려던 정진건 역시도 일단 대운유통을 먼저 캐 보자는 박순길의 제안을 받아들였다.

'흠, 그러기로 하기는 했지만서두, 그렇다고 시방 거기 가서 대뜸 나 경찰이오, 하고 들이밀어 부러도 경계만 살 거 같기는 헌디…….'

그렇다고 정진건이 복귀할 때까지 여기서 죽치고 있어 봐야 죽도 밥도 안 될 것이므로, 박순길은 현장의 임기응변에 기대 보기로 결심했다.

'어쨌거나 대운유통 쪽을 조사 뿌는거는 원래도 제2, 제3의 방안이었응께.'

결심을 마친 박순길은 택시를 붙잡아 타고 곧장 대운유통 방향으로 향했다.

그렇게 밑져야 본전이란 생각으로 대운유통을 향해 움직인 박순길이었지만, 사실 현시점에서 대운유통은 난감하기 이를 데 없는 상황에 놓여 있었다.

조성광의 지방 진출 계획하에 설립되었다가 부산에 덩그

러니 버려진 대운유통은 어쨌거나 기업으로서 살아남기 위해 갖은 노력을 다 해 왔다.

그 과정에 사장인 박철민이 택한 것은 부산 조폭과 최소한의 접점을 만들어 두는 것이었는데, 박철민이 공을 들여 인맥을 쌓아 올린 건 봉식이 파였다.

당시 박철민이 봉식이 파와 손을 잡는 건 나쁘지 않은 선택이었다.

범죄와의 전쟁 이후 거물들이 대거 구속되며 혼란에 빠진 부산 조폭계에서 봉식이 파는 알음알음 실속을 챙겨 가며 오늘날엔 손꼽히는 조직으로 성장할 수 있었고, 그 과정에 박철민은 조광의 계열사인 대운유통을 앞세워 최봉식을 지원했다.

물론 최봉식 또한 자신을 이용해 살아남고자 한 박철민의 꿍꿍이를 모르지는 않았으나, 그 또한 박철민을 이용해 입지를 다져 놓는 것이 나쁘지 않다고 판단했다.

그렇게 둘은 지금껏 기묘한 공생 관계로 지내며 이 바닥에서 살아남았고, 박철민도 얼마 전에는 이제 그 결실을 맺을 때가 온 거라고 생각했다.

본사 측의 사주를 받은 박진호란 인물이 나타났고, 박철민은 그를 봉식이파 최봉식과 엮어 주었다.

뭐, 그 박진호가 실은 요즘 본사에서 한창 주가를 올리던 구봉팔 이사 본인이었다는 것에는 박철민도 놀라긴 했지만,

그는 오히려 잘된 일이라며 내심 이 상황을 반겼다.

지금껏 부산 조폭들이 제 나와바리에서 마약을 팔아 대는 광남파를 함부로 건들지 못한 건 그들 배후의 조광을 의식해서 그런 것이었는데, 그들은 구봉팔의 보증하에 이 일이 조광 전체의 뜻이 아닌 어느 분파의 개별 행동임을 알게 된 것이다.

조광 내부 파별 다툼의 상대편인 구봉팔이 팔을 걷어붙여 준다면야 근본도 없는 광남파 따위야 문제도 되지 않는다.

박진호(구봉팔)와 최봉식의 만남 이후 물 흐르듯 부산 조폭 연합이 결성되었고, 부산 조폭 연합은 힘을 합쳐 광남파에 맞서기로 했다.

조광도 구봉팔을 통해 부산 조폭 연합과 적의 적은 아군이란 느낌으로 손을 잡았으니, 이제 부산 조폭 연합이 광남파를 싹 쓸어 버리고 나면 겸사겸사 그들과 관계 회복을 마친 조광은 대운유통을 필두로 영남 지방에 사업을 확장해 갈 일만 남은 상황.

그렇게 오랜 인고를 버티고 성공할 일만 남은 시점, 청운의 꿈에 부풀어 있던 박철민에게는 달갑지 않은 소식이 연거푸 들려왔다.

우선, 박철민 자신이 주선하다시피 한—마동철을 끼워 넣은—서동호와의 술자리 이후 구봉팔은 광남파가 사주한 것이 분명한 괴한외 습격을 받고 말았다.

다행히 목숨은 건진 모양이지만 이후 구봉팔은 병상에 누워 일어나지 않았고, 그 바통을 이어받은 건 구봉팔과 달리 과격파로 보이는 '김민수(강이찬)'였다.

김민수(강이찬)가 조광 그룹에서도 과격파에 속하는 파벌일 거란 박철민의 예상대로, 병석에 누운 구봉팔을 대신해 바통을 이어받은 김민수는 부산 조폭 연합의 정예들을 이끌고 순식간에 광남파를 정리해 버렸다.

들리는 소문에 의하면 그 김민수가 광남파의 두목과 부두목을 일말의 망설임도 없이 총으로 쏴 없애 버렸다나 뭐라나…….

첫 만남 때부터 김민수(강이찬)가 한가락하는 인물이라는 걸 직감했던 박철민조차 그가 그 정도로 무자비한 살인자였단 사실을 떠올리면 공연히 모골이 송연했다.

어쨌거나 본격적인 문제는 그때부터 시작되었다.

부산 조폭 연합 내부에서도 광남파를 없애야 한다는 의견 자체는 합치를 보이고 있었지만, 그렇다고 모두가 '아지트를 습격해 놈들의 모가지를 따 버리고 그곳을 불태워 버려야 한다'는 입장은 아니었다.

대부분은 그 일로 딱히 피를 보고 싶지 않아 했고―그도 그럴 것이 이제는 시대가 시대이니, 그들 대부분은 그런 옛 방식이 지금도 통용될 거란 생각을 하지 않은 것이다―연합에서도 어디까지나 광남파의 사업장을 압박, '좋은 말'로 부산에서 떠나도록 하는 것이 주류 의견이었다.

하지만 부산 조폭 연합의 간부진이 '미끼'에 낚인 사이, 김민수(강이찬)와 서동호를 필두로 한 연합의 과격파들은 광남파의 아지트를 습격했다.

결과적으로 과격파의 작전은 성공했고, 광남파는 이제 부산에서, 아니 어쩌면 이 땅에서 사라지고 말았다.

상황이 이렇게 되니, 부산 조폭 연합은 기묘한 방향으로 흘러갔다.

광남파 배제라는 목적을 달성했음에도 불구하고 부산 조폭 연합은 해산하지 않았을 뿐만 아니라 어딘지 모르게 더 공고해진 느낌마저 들었고, 심지어 대표적인 (상대적)온건파이자 부산 조폭 연합의 실질적 대표—애당초 그 누구도 굴러들어온 돌인 마동철을 대표로 인정하지 않았으며, 그는 어디까지나 임시로 세워 둔 허수아비에 불과하다는 것이 연합 내부의 공통 의견이었다—인 최봉식을 대신해 서동호가 석상에 모습을 드러냈다.

뿐만 아니라, 서동호는 이후 자신이 부산 조폭들의 거두라도 된 양 활개를 치기 시작했다.

그 '활개'가 얼마나 대단했는지, 그는 암묵적으로 그어 둔 각 조직의 나와바리를 공공연히 넘본다는 소문이 돌 정도였다.

하지만 광남파 소탕 작전의 1등 공신이자 대표적인 과격파인 서동호의 안하무인격인 태도에 대놓고 반기를 드는 이는 없었다.

소문에 의하면 서동호는 광남파 아지트를 습격하면서 각종 화기를 압수했다고도 전해졌고, 총 앞에서 칼과 주먹이 통하지 않는다는 것쯤은 현대인의 상식이었다.

심지어 최근에는 서동호가 최봉식을 '작업'했다는 소문마저 들려오는 와중에 서동호의 시비는 '사업가'이니만큼 이 사태에서 한 걸음 물러나 잠자코 있던 박철민과 대운유통마저 향했다.

이후 서동호의 부하들은 종종 사업장을 찾아와 '용돈'을 요구하거나 사사건건 사업에 트집이며 시비를 걸어왔다.

그러잖아도 봉식이파 두목인 최봉식과 후계자로 거론되던 서동호가 종종 의견 대립을 보이곤 했다는 소문이 도는 마당이었는데, 최봉식의 '은거'와 동시에 시작된 서동호의 시비는 박철민으로 하여금 그 소문이 사실은 아닌가 하는 생각을 들게 만들었다.

뭐, 단지 그것뿐이라면 철없는 깡패가 갑자기 손에 넣은 힘을 주체하지 못하고 설쳐 대는 꼴에 불과한 거라며 박철민도 웃어넘길 수 있었다.

어차피 박철민에게도 최봉식은 충성의 대상도 아니었고, 서로가 필요에 의해 잠시 손을 잡은 관계에 불과했으니 '사업'이 본격적으로 시작되면 최봉식과 연줄을 만들어 둔 박철민을 향한 서동호의 시비도 끝맺을 거라고 생각한 것이다.

인내는 박철민과 대운유통의 장점이기도 했으니까.

하지만 어제, 아니 이제는 그저께, 조광 그룹은 주주총회를 통해 SJ컴퍼니와의 합자회사인 J&S컴퍼니 설립을 발표했다.

그 소식을 듣고 박철민은 뒤통수를 한 대 얻어맞은 것처럼 멍한 기분에 휩싸였다.

'이게 어떻게 된 일이야?'

생각해 보면 사실, 박철민도 그 전조는 김민수(강이찬)를 통해 들어서 이미 알고 있었다.

「저도 말단에 불과해 자세히는 모릅니다만 평소부터 친분이 있던 삼광 그룹 도련님과 연계해 무언가 사업을 하시려는 것 같았습니다.」

실제로 그 말대로, 조광 그룹 '아가씨'는 삼광 그룹의 '도련님'과 함께 어떤 사업을 벌였다.

박철민이 받은 충격은 그 결과가 J&S컴퍼니였다는 것에 있었다.

'설마 나는 처음부터 이용만 당했던 건가?'

그런 생각과 동시에 내부에서는 이런 반박도 일었다.

'아니 이번에 갑작스레 임명된 이철희 CEO건도 포함해서,

본사 내부가 혼란스러운 걸지도…….'

그렇게 생각해도 상황이 호전되지 않는 건 마찬가지였다.

그 말인 즉, 차기 대세로 여기던 구봉팔 파벌이 패배하고 상대 파벌이 그 머리를 딛고 올라섰다는 의미는 아니겠는가.

'애당초 김민수도 구봉팔 이사의 부하는 아니란 느낌이었으니…….'

박철민의 생각을 깨트린 목소리가 들려왔다.

"아, 그래서 박 사장님. 우예 말씀이 없으십니까?"

회사로 들어가려던 차 앞을 막아선 채 킬킬대며 웃고 있는 건, 서동호의 똘마니들이었다.

"거 동상들이 배가 고파 그런데, 국밥 한 그릇 사 묵을 용돈도 못 주십니까? 으잉?"

쿵, 하고 깡패의 손바닥이 보닛을 내려쳤다.

'이 새끼들을 진짜…….'

마음 같아서는 이대로 차로 치고 싶었은 박철민은 부글부글 끓어오르는 속을 진정하며 미소를 지었다.

"아, 지금은 제가 현찰이 없어서……. 일단 회사로 가서 말씀을 나누시죠."

"아이고, 사장님. 그러면 우리가 무슨 사장님 삥 뜯으러 온 양아치 같지 않겠습니꺼? 마, 됐으니 지갑에 있는 배춧잎 몇 장만 나눠 주이소."

다른 놈이 킬킬 웃으며 거들었다.

"하모, 우리는 콩 한쪽도 나눠 묵는 사이 아입니꺼, 예? 박철민 사장님."

쓥.

지갑 속 돈 몇 푼이 아까운 게 아니다.

'나만 건드는 거면 똥물 좀 튀었다고 여기면 그뿐이니 상관없어. 하지만…….'

요 며칠 계속되는 이 명백한 영업 방해에 선량한 민간인인 부하 직원들의 사기는 바닥에 떨어지고 있었다.

심지어 이게 앞으로 있을 일의 전조라고 생각하면…….

그때였다.

"아따, 니들 거기서 뭐 하냐?"

끼어든 건 전라도 사투리였다.

박순길은 공중전화 박스 안에 들어가 길 건너 대운유통 회사를 바라보았다.

유통회사답게 교외에서 떨어진 산업 단지에 자리 잡은 대운유통은 트럭이 지나다닐 수 있는 넓은 입구와 대형 주차장 부지를 자랑했지만, 사무실 건물은 아담한 2층 높이였다.

'천하의 조광이 지방 진출 교두보로 삼은 것답지 않게 어디에나 있을 것 같은 회사구먼.'

하지만 박순길은 대운유통 사옥 앞에 도착하고도 쉽사리 회사 안으로 들어가지 않고 입구 근처를 서성이는 중이었다.

온 것까지는 좋았지만, 막상 박철민을 만나려니 그에게 어떤 식으로 접근하면 좋을지 그도 망설이기 시작한 것이다.

'길을 잃었다고 할까? 아니지, 그건 말도 안 되는 생각이고. 흠, 전화 좀 빌립시다? 그러기에는 공중전화 박스가 여기 있는데.'

어떻게 하면 좋을까 고민하는 그 눈에 회사 입구를 서성이는 놈팡이 놈들 두 셋이 보였다.

'경비? 그런 거치곤…….'

그리고 얼마 지나지 않아 꽤나 고급스러운 세단 한 대가 회사로 들어가려 속도를 줄이기 시작했다.

'사장 출근인가?'

차 안에 탑승한 것이 박철민임을 확신한 박순길은 일단 죽이 되건 밥이 되건 그를 만나 보기는 해야겠다고 생각하며 공중전화 부스에서 나왔다.

'응?'

그런데 아까 본 놈팡이 놈들이 입구를 막아서더니, 한 놈은 운전석에 대고 삐딱하게 선 채 무어라 이야기를 시작했다.

그건 멀리서 보아도 직원과 사장, 혹은 거래처 대 거래처 사이의 관계로는 보이지 않는 몸짓 언어였다.

'굳이 말하자면 오히려 떼인 돈이라도 받으러 온 것처럼도

보이는구마잉.'

마침내 쾅, 하고 사내의 손바닥이 보닛을 내려치는 모습까지 보였다.

'사정은 잘 모르겠지만서두, 일단 여기서는 민중의 지팡이 역할을 해야 쓰지 않겠어?'

어떤 의미에서는 박철민과 안면을 트는 계기가 될지도 모르고.

결심을 마친 박순길은 도로를 가로질러 횡단해 회사 입구로 향했다.

"아따, 니들 거기서 뭐 하냐?"

박순길의 목소리에 놈팡이 세 놈은 그 즉시 그를 보았다.

"니는 뭐꼬?"

그 말을 받아친 사내를 보며 박순길은 픽 웃었다.

'아따, 역시나 깡패 새끼였구마잉.'

박순길은 사내에게서 풍기는 기세를 읽고 그가 어떤 부류의 인간인지 단박에 알아보았다.

지역은 다르지만, 이런 부류는 어딜 가나 비슷한 모양이다.

'편의상 1, 2, 3번이라 명명을 한다 치믄……. 뒤에서 혼자 팔짱 끼고 있는 놈이 여기서 가장 서열이 높은 1번. 운전석 쪽이 다음인 2번, 나머지가 가장 똘마니인 3번이 되겠구마잉.'

순식간에 상대방의 역량이며 체급을 가늠한 박순길은 속내를 드러내지 않으며 건들건들 2번의 말을 받았다.

"그런 건 니 알 바 아니고……. 나가 지금 시방 뭐 하는 거
냐고 물었는디. 일단은 질문에 먼저 답을 하는 것이 좋지 않
겠는감?"

"미친 새낀가."

2번 깡패가 그렇게 중얼거리곤 운전석에 대고 물었다.

"박 사장님, 점마 아는 놈입니까?"

운전석의 박철민이 무어라 대답했는지는 모르나, 2번 깡패
는 픽 웃고는 같잖다는 듯 손짓했다.

"마, 됐으니 가 봐라. 니가 낄 데가 아이다."

"어허."

박순길이 턱을 긁적였다.

"나가 보기에는 왠지 깡패 새끼가 선량한 시민을 상대로
공갈을 하는 거 같던디, 아닌가?"

"깡패 새끼? 하, 인마가 돌았나……."

2번 깡패가 턱짓을 하자 3번 깡패가 차를 돌아 걸어 나왔다.

"마, 아재요. 아침부터 뭐 잘 못 묵었소?"

"콩나물 국밥. 꽤 맛있더만."

"이 새끼가 좋게 말하니까……."

그리고 3번 깡패가 박순길의 멱살을 잡은 순간, 박순길은
그 팔을 비틀어 꺾으며 그를 바닥에 눕혔다.

"아야야!"

"좋게 말해서 뭐?"

"놔라, 새끼야!"

"이거 좀 더 꺾으면 뚝 부러질 텐디, 말 좀 곱게 못 하나?"

박순길은 그렇게 말하며 남은 둘을 살폈다.

'어디 보자. 여기서 싸운다 치믄, 차를 끼고서 한 놈 먼저 눕히고…….'

주의할 놈은 1번이다.

'이쪽 밥을 꽤 주워 먹은 놈 같은디.'

제대로 싸워서 질 것 같은 느낌은 들지 않지만 여기는 상대의 '나와바리'였고, 1 대 3은 박순길이라 하더라도 조금(?) 버거울 것 같았다.

'흠, 까짓 거 뭐, 부산 놈들 주먹이 어떤지 한번 볼까.'

2번 깡패가 앞으로 나섰다.

"이 새끼가……!"

그때 날카로운 눈으로 박순길을 쳐다보던 1번 깡패가 팔짱을 풀며 2번 깡패의 어깨를 붙잡았다.

"됐다."

"예? 하지만 행님……."

"씁."

당장이라도 박순길에게 달려오려던 2번 깡패는 1번 깡패의 말에 고분고분해졌다.

"이거 아침부터 실례가 많았습니다. 가가 아침에 안 좋은 일이 있어가 실례를 좀 한 모양인데……. 제가 사과를 할 테니 거, 그쪽도 금마 좀 놔 주시오."

흐음?

한바탕 치고받을 각오를 하고 있던 박순길은 잠시 생각하다가 3번 깡패의 팔을 놓으며 거리를 벌렸다.

"말이 통하는 양반이었구마잉. 거 동상들 관리 좀 잘하시오."

"……예."

3번 깡패는 어깨를 붙잡은 채로 주춤거리며 일어섰지만, 다시 덤빌 생각은 하지 못했다.

"가자."

"……예, 행님."

1번 깡패는 박순길을 힐끗 쳐다보곤 앞장서 걸었고, 똘마니 둘은 박순길을 힐끗힐끗 노려보며 1번 깡패의 뒤를 쫓아갔다.

'……흐음.'

비록 이번에는 순순히 물러갔지만, 그건 박순길이 '민간인이어서 더 이상 시비를 이어 가지 않았다'는 느낌은 아니었다.

'뭔가가 있기는 있구마잉.'

깡패들이 멀어지자 차에 타고 있던 박철민이 주춤거리며 운전석에서 내려 그를 보았다.

"저기……."

"괜찮소? 다친 곳은 없고?"

"예, 덕분에."

박순길을 바라보는 박철민의 눈에는 감사가 아닌 기묘한 혼란스러움이 깃들어 있었다.

"그런데 저기……."

"박철민 사장님이시죠?"

그 질문에 박철민은 엉겁결에 고개를 끄덕였다.

"예……."

"박순길입니다. 어쨌거나 사장님께 용건이 있어서 왔는디……."

박순길은 조수석 위를 툭툭 두드렸다.

"자세한 이야기는 들어가서 해도 될까요?"

"……알겠. 습니다. 타시죠."

"예."

박철민은 여전히 혼란스러운 기분을 느낀 채로, 조수석에 박순길을 태워 회사 안으로 들어갔다.

'대체 누구지?'

동시에 퍼뜩 떠오르는 생각.

'아, 혹시 이 사람은 어쩌면…….'

비서가 차를 내놓고 물러났다.

"드시죠."

"예, 감사합니다."

대운유통 사장실에 들어온 박순길은 주위를 힐끗거리며 차를 홀짝였다.

'일단 들어오기는 했는디…….'

이제부터가 문제다.

박순길은 자신이 형사임을 밝힐지, 아니면 이대로 '뭔가가 있는 듯한' 흐름에 녹아들지를 망설이고 있을 때, 박철민이 손바닥에 밴 땀을 바지에 문질러 닦으며 입을 뗐다.

"저기……."

"편하게 박순길 씨하고 불러 주시오."

"그럼 박순길 씨."

'박순길 씨'라는 호칭을 써도 괜찮은지 그 호칭을 입에 담은 박철민은 박순길이 그 호칭을 받아들이자 조금 안도하며 말을 이었다.

"박순길 씨는 혹시…… 위쪽에서 오셨습니까?"

위쪽?

'흠, 위쪽이라고만 하면 북한인지 뭔지도 모르지 않나. 아니 암만 그래도 북한은 아니겠지만서두.'

아마 박철민은 자신의 정체에 대해 무언가 오해를 하고 있는 모양이었지만, 박순길은 굳이 그걸 정정하려 들지 않으며 에둘러 (연습한 서울 말씨를 뒤늦게 써 가며)답했다.

"위쪽이라면 서울 말입니까?"

"예."

"그럼 '위쪽' 맞습니다."

거짓말은 안 했다.

"그랬군요."

다소 어중간한 대답이었음에도 박철민은 눈에 띄게 안도했다.

'어쨌거나.'

그렇다는 건 박철민은 '위쪽'에서 무언가 연락이 오길 기다렸던 모양이었다.

그제야 비서가 내놓은 차를 한 모금 마신 박철민이 박순길의 눈치를 살피며 물었다.

"요즘 본사도 꽤 바쁘죠?"

그 말에 박순길은 박철민이 말한 '위쪽'이 본사를 의미하는 것임을 알았다.

'흠, 박 사장은 아무래도 나를 본사, 즉 조광에서 온 사람이라고 생각하는 것 같구마잉.'

박순길 입장에는 달가운 오해였다.

"……뭐어."

박순길은 뻔뻔하게 그 말을 받았다.

"신문에 난 내용 그대로입니다. 뭐, 그런 사업적인 내용은 저보다는 박 사장님이 더 잘 아실 테니 긴말은 않겠습니다만."

"예……."

하지만 말이 길어지면 거짓말이 탄로 나는 법이니, 박순길은 상황을 파악하기 전에 먼저 주도권을 잡아 두기로 했다.

"그보다 방금은 누굽니까? 별로 질이 좋아 보이는 놈들은 아닌 거 같던데."

"아아."

박철민이 쓴웃음을 지었다.

"못 볼 꼴을 보이고 말았군요. 저, 박순길 씨는 이번 일에 대해 어느 정도로 알고 계십니까?"

어느 정도? 뭔가 알고 있어야 하나?

박순길은 무슨 대답을 할지 잠시 망설였지만, 지금은 뻔뻔하게 밀어붙이기로 했다.

"자세히는 모릅니다. 부산에 저 혼자 내려온 것도 아니고, 지금은 일이 있어 따로 움직이고 있습니다만 동행한 상사가 있거든요."

(그럴듯한 뉘앙스는 팍팍 풍겨 댔지만)이번에도 거짓말은 안 했다.

"그렇군요."

"그래도 미리 조금 알아 두면 좋을 거 같은데……. 혹시 꽤 곤란한 상황입니까?"

박순길의 물음에 박철민은 눈썹을 씰룩였다.

'쯧, 그걸 댁이 말하냐? 내가 이렇게 된 건 서동호 그놈이 본사랑 내 끈이 떨어졌다고 생각해서인데.'

박순길은 그런 박철민의 태도에 뭔가 지뢰를 밟을 뻔했다고 생각하며, 되레 표정을 딱딱하게 만들었다.

"저는 박 사장님을 도우러 온 사람입니다. 그걸 염두에 두셨으면 좋겠군요."

"……아, 죄송합니다."

박철민은 그제야 아차 싶은 얼굴이 됐다.

설령 박순길이 말단이어서 현재 돌아가는 상황을 모른다 할지라도 어쨌거나 그는 '본사'에서 내려온 인물.

심지어 방금 그는 보란 듯 가진 바 무력의 일부를 행사하기도 하지 않았던가.

'소문으로 듣던 직속 부하 중 하나인가.'

그렇다고 눈앞의 박순길이 박철민보다 아래라고 볼 수는 없는 인물이니 박철민 자신이 그를 함부로 대해서는 안 되는 것이다.

"요즘 조금 몰려서……."

"괜찮습니다."

박순길은 언제 그랬냐는 듯 빙긋 웃으며 당근을 흔들었다.

"저는 박 사장님을 도우러 온 거니까요. 괘념치 마십시오."

하긴, 입장이야 어쨌건 박철민 입장엔 꽤 든든한 아군이 합류한 셈이었다.

"감사합니다. 그럼……."

박철민은 헛기침 뒤, 차로 목을 축인 뒤에야 다시 입을 뗐다.

"방금 전 그놈들은 서동호의 부하들입니다."

서동호? 그게 누군데?

부산 조폭에 누가 있는지 알 턱이 없는 박순길은 '이럴 줄 알았으면 조금 조사를 해 올 걸 그랬다'고 뒤늦게 후회하며, 겉으론 태연하게 그 말을 받았다.

"서동호가요?"

그럼에도 박철민이 그동안 '입장상 잘 지내기 조금 께적지근할 부산에서 그래도 비교적 무탈하게 잘 지내 왔다'는 정도는 알고 있었던 박순길은 슬쩍 알은체를 했다.

"그래도 전까진 꽤 잘 지내 오지 않았습니까?"

혹시나 싶어 넘겨짚은 말을 박철민은 덥석 물었다.

"하하, 뭐, 외부에선 그렇게 보이기도 하겠군요. 엄밀히 말씀드리면 저는 서동호 본인과 그렇게 친하지는 않았습니다만."

박철민이 쓴웃음을 지으며 말을 이었다.

"저도 자세히는 모르지만, 어째 요즘 들어서 서동호의 동태가 이상하더군요."

"흠, 그래도 서울에서 온 저보다는 잘 아실 테니, 박 사장님께서 아는 만큼이라도 들어 볼 수 있겠습니까?"

박철민이 고개를 끄덕였다.

"예, 그럼 제가 알고 있는 정도로만."

박순길이 유도신문을 통해 부산 조폭계의 동향을 파악하고 있을 때, 박순길이 속으로 1호라 명명한 서동호의 부하 이일호는 가까운 공중전화 부스를 찾아 전화를 걸었다.

　"나다, 일호. 동호 형님 계시냐?"

　─예? 아, 지금 동호 행님은 좀 바쁘신데…….

　"급한 일이다."

　그 말에 전화를 대신 받은 부하는 '잠시만 기다려 주십쇼.' 하고 서동호를 부르러 갔다.

　바쁘다고 해 봐야 사무실에 있는 걸 보면, 어차피 그렇게 중요한 일도 아닐 터.

　잠시 후 서동호가 전화를 받았다.

　─뭐냐?

　"예, 형님. 다름이 아니라 일이 좀 이상하게 돌아가고 있는 거 같아서 말입니다."

　─그래? 말해 봐라.

　"예. 방금 대운유통을 다녀왔습니다만……."

　그러며 이일호는 수화기에 대고 '지시대로' 일을 진행하던 도중 어디선가 갑자기 '전라도 사투리를 쓰는 남자(박순길)'가 나타나 박철민을 보호하고 나섰다고 보고했다.

　그래서 그냥 돌아왔나?

"예. 왠지 싸우면 안 될 거 같아서 말입니다."

ㅡ이 새끼가…… 셋이서 한 놈을 못 당해서 돌아왔어?

"그게 아닙니다, 형님. 왠지 그놈의 정체가 마음에 걸려서 그랬습니다."

이일호는 서동호 밑에 있는 다른 똘마니들과는 달리 제법 머리가 잘 돌아가는 편이어서, 서동호는 그를 꽤 아꼈다.

서동호가 그에게 일을 맡긴 것도 이일호가 '일정 선'을 넘지 않는다는 걸 잘 알고 있었기 때문이었다.

아마 다른 놈들에게 '이번 일'을 맡겼다간 은근한 영업 방해가 아닌, 박철민과 직접적인 드잡이질을 시작해 버릴지도 모르는 일.

제아무리 현재 조광이 혼란스럽고, 그런 조광과 끈이 떨어진 것처럼 보이는 대운유통이라지만 이 중요한 국면에 빌미를 제공하는 건 서동호가 바라는 일이 아니었다.

그런 이일호가 전화로 이런 보고를 하는 걸 보면, 무언가 있긴 한 모양.

그래서 서동호는 평소처럼 욱하는 성질을 조금 집어넣으며 물었다.

ㅡ정체?

"예. 어쩌면……."

이일호가 공중전화기 위에 올려 둔 동전을 투입구에 집어넣으며 말을 이었다.

"조광 쪽 인간이 아닐까 해서요."

─조광?

서동호가 자세를 고쳐 앉는지 부스럭거리는 소리가 들렸다.

─근거는?

"정확하지는 않습니다만 일부러 시비를 거는 것하며 저희를 좀 얕잡아 보던 눈초리를 생각하면…… 아마 다 알고서 온 게 아닐까 해서 말입니다."

─…….

침묵이 길었다.

─알았다. 그럼 날랜 애들로 골라서 몇 놈 보낼 테니까, 그동안 잘 감시해라.

그건 지금 데리고 있는 놈들은 영 미덥지 않았던 이일호도 바라는 바였다.

"알겠습니다, 형님. 그럼 저는 근처에서 대기 타고 있겠습니다."

─그래. 욕 봐라.

서동호가 툭 전화를 끊었고, 이일호도 수화기를 공중전화기에 걸어 놓으며 부스를 나왔다.

부하가 절그렁 떨어진 잔돈을 챙기며 이일호에게 물었다.

"큰형님이 뭐라고 하셨습니까, 형님?"

다른 놈이 킬킬대며 담배꽁초를 바닥에 버렸다.

"뭐긴, 금마 확실히 조지라고 하셨지예?"

"……."

만약 짐작대로 그자가 조광의 관계자라면, 그 사실을 이 멍청이들에게 알릴 필요는 없을 것이다.

이런 건 가능한 적은 사람들만 알고 있는 게 좋으니까.

"됐으니까 니들은 사무실로 돌아가라. 가서도 방금 일은 입 닥치고 있어."

"예?"

부하가 볼멘소리를 뱉었다.

"행님, 방금은 쫌 방심해가 그런 겁니다. 제대로 붙으믄 그런 놈은 한 주먹에……."

"씁."

이일호가 인상을 찌푸리자 부하는 얼른 입을 다물었고, 이일호는 떨떠름한 얼굴로 담배를 입에 물었다.

부하가 얼른 담뱃불을 붙여 주었고, 이일호는 담배를 깊게 한 모금 빨아들인 뒤 한숨처럼 연기를 뱉었다.

'그래, 한창 배짱이 두둑할 때지.'

얼마 전까지만 하더라도 양아치에 불과하던, 이일호 기준에는 영 미덥지 않은 놈들이기는 하지만 그런 그들을 데리고 다니는 건 일종의 교육을 겸한 일이었다.

그래서 이일호는 정보를 드러내지 않는 선에서 내키지 않은 꼰대 짓을 조금 하기로 했다.

"내가 저번에 낄 때 안 낄 때를 보고 덤비라 안 하드나?"

"……그랬습니다, 행님."

"그리고 지금은?"

"안 낄 때입니까?"

"그래. 그리고 아까 그 깽깽이는 함부로 건들면 안 될 놈이다."

부하들은 어리둥절한 얼굴로 서로를 보았고, 이일호는 그들을 한심하다는 듯 보았다.

"알아들었으면 가 봐라."

"예, 행님."

"아, 그리고."

지갑을 꺼낸 이일호가 부하들에게 지폐 뭉치를 두둑이 안겨 주었다.

"택시 타고 가라."

"감사합니다, 행님!"

"……."

여기서 길거리에서 깡패 티 내지 말라는 잔소리를 해 봐야, 어차피 알아먹지도 못하겠지.

부하들을 보낸 뒤, 담배를 꽁초가 남을 때까지 태운 이일호는 꽁초를 바닥에 버려 구둣발로 짓이겼다.

'……쯧, 그자가 조광 관계자일지도 모른다는 것 정도는 말해 둘 걸 그랬나?'

놈들은 조광의 저력을 잘 모른다.

사실, 그러는 이일호조차 불과 얼마 전까지만 하더라도 조광을 그저 덩치만 큰 샌님들이라고 생각했다.

그런 이일호가 조광을 다시 본 계기는 얼마 전 광남파 아지트를 습격할 때였다. 그 작전에 참석했던 이일호는 거기서 본 김민수(강이찬)란 사내를 떠올렸다.

'말 그대로 프로, 란 느낌이었지.'

남들 평가에 인색한 서동호조차 김민수(강이찬)에 관해서만큼은 한 수 접어주는 눈치였으니……

김민수(강이찬)는 추리고 추린 부산 조폭 연합의 정예들이 드잡이질을 하고 있을 때 홀로 중앙까지 침투, 간부와 그 보스를 '사살'했다.

물론 조광에 김민수(강이찬) 정도 되는 인간이 흔하지는 않을 것이다.

하지만 그런 인간이 조직에 있다는 것부터가 이미 조광의 끝 모를 역량을 보여 주는 단초일 것이며, 그런 조광의 수염을 잡아당기는 짓은 해서는 안 될 일이라고 이일호는 생각했다.

'동호 형님도 괜한 짓을 벌인 게 아니면 좋겠는데……'

'아항, 그런 거였구마잉.'

비록 '어디까지나 민간인 신분에서'라는 전제하에 들은 이야기지만—민간인이라 할지라도 박철민은 조폭계에 반쯤 발을 걸친 인물이었던 데다가 어느 정도는 당사자 신분이라는 것쯤은 잘 알고 있으니—박철민이 가져다준 정보는 박순길로 하여금 현시점 부산 조폭계의 동향을 얼추 알 수 있게 해 주었다.

'즉, 지금은 그짝도 꽤 혼란스러운 상황이란 거시제.'

다만 한 가지 아쉬운 점이라면 어디까지나 '민간인'에 불과했던 박철민이 중간에 발을 빼내는 바람에—자발적인 것이었는지, 일부러 배제한 것인지는 명확치 않지만—핵심에 다가가는 정보는 그 추측에 의지해야 했단 점이었다.

'이를테면 광남파 습격이라거나…….'

부산 조폭 연합의 광남파 아지트 습격 건은 남들 보란 듯 시끌벅적하게 터뜨린 모양이긴 하나, 어쨌건 살인에 방화까지 저지른 일이니 대놓고 떠들지는 못할 일인 것이다.

그래도 안에서 새는 바가지는 막을 수 없다고, 관련 내용은 부외자인 박철민도 알 만큼 이미 그 바닥에 도시전설처럼 알음알음 퍼진 모양이었다.

만약 소문이 사실이라면, 부산 깡패 놈들도 꽤 하는구나, 하고 박순길은 생각했다.

'그나저나 길바닥에 요런 흉흉한 소문이 나돌고 있으믄, 응당 부산 경찰들도 조사를 해 볼 법도 헌다…….'

어제 만난 김강철 형사도 그렇고, 박순길은 어딘지 모르게 미적지근하게 나가는 그들이 수상쩍었다.

'아직 명확한 실체가 없어서 그런가?'

그도 그럴 것이 '창원 물류 공장 화재'에는 피해자도 없고, 신고자조차 멀리서 불길을 보고서 119에 전화를 건 선량한 민간인이었던 모양이니까.

'아니면……'

배성준 형사 건처럼 부정이 끼어 있거나.

하지만 박순길도 되도록 그 방향만큼은 생각하지 않으려 애썼다.

'어쨌거나 조광에서 두 놈이 왔다고 했지라. 하나는 구봉팔이가 명확해 보이는디, 다른 한 놈은 누굴까……'

박철민은 생각에 잠긴 박순길을 불안한 눈빛으로 보며 빈 찻잔을 만지작거리다가 슬쩍 입을 뗐다.

"저기, 박순길 씨."

"예?"

"혹시 박순길 씨도 모르는 일이셨습니까?"

박철민의 불안은 눈앞의 박순길이 자신이 만났다던 '박진호' 및 '김민수'와 조광의 다른 파벌 인물이 아닌가 하는 것이리라.

그 물음에 박순길은 일부러 보란 듯 픽 웃었다.

"그럴 리가요. 길거리에서 어떤 식으로 이야기가 퍼졌는지 궁금해서 여쭤본 것일 뿐입니다."

"그러면 연합 측이 광남파를 친 사실은 정말로⋯⋯."

박순길이 웃음기를 싹 거두며 딱딱한 말씨로 박철민의 말을 끊었다.

"박 사장님도 '그 일에 대해 안다'는 건 함구해 주시는 편이 좋을 겁니다."

"아⋯⋯ 아, 옙."

이거 대충 둘러대긴 했는데, 더 시간을 끌면 위험하겠군.

박순길은 무슨 이야기로 박철민의 관심사를 돌릴까 생각하다가 머릿속에 떠오른 생각을 정리해 입으로 냈다.

"그렇긴 하지만 박 사장님께서는 걱정하실 것 없습니다."

"예?"

"박 사장님은 지금 J&S컴퍼니 일로 머리가 복잡하신 거죠?"

박순길은 박철민이 불안해하는 것이 무엇인지 단박에 꿰뚫어 보았다. 부산 조폭들이 광남파를 쳤다거나 하는 것쯤이야(물론 쯤, 정도로 치부할 가벼운 사건은 아니지만) 일이 어떻게 돌아가건 박철민과는 무관한 일.

그전에 이해당사자로서 박철민의 불안은 그 일로 대운유통이 조광과의 끈이 떨어지고 만 것은 아닌가 하는 요소일 것이다.

"뭐, J&S컴피니 일이 장안의 화제인 건 사실이죠. 하지만 그렇다고 해서 J&S컴퍼니가 대운유통을 배제하고서 홀로 우뚝 설 수 있는 회사란 건 아닙니다."

박순길은 얼마 전 그쪽 방면에 수상할 정도로 빠삭한 여진환을 통해서 들었던 이야기를 박철민에게 들려주었다.

"머리가 있어도 움직이려면 손발이 필요한 법이죠. J&S컴퍼니 설립은 어디까지나 사업에 필요한 머리를 만든 것이고…… 그러니 손발이 필요할 때가 오면 부산에 연고를 만들어 둔 대운유통의 도움이 필수적일 겁니다."

'본사 사람'의 말이 위안이 된 것일까, 박철민의 얼굴에 어려 있던 불안한 기색이 한결 가셨다.

"다만."

박순길은 슬쩍 화제를 돌렸다.

"서동호는 조금 예의 주시를 해 봐야겠군요. 오늘 같은 협박이 여러 번 있었다고요?"

박철민은 왠지 경찰의 사정 청취를 듣는 기분이라고 생각하며 고개를 끄덕였다.

"예. 시비를 걸어온 것 자체는 얼마 전부터 그랬는데, 그저께였나? 아니면 그 전날부터인가, 꽤 선을 넘는 것 같은 '부탁'을 해 오더군요. 혹시 일손이 부족하지 않냐는 등, 필요하다면 일머리 있는 부하를 붙여 주겠다는 등……."

"……흐음."

가볍게 흘려 넘길 요량으로 던진 말이지만, 왠지 모르게 박순길 안에서 덜컥 걸리는 점이 있었다.

"최봉식 씨랑은 상의해 보셨습니까?"

"예? 아뇨."

박철민이 당치도 않다는 듯 손사래를 쳤다.

"아무리 저라도 쉽게 만날 분은 아닌 데다가…… 요즘은 꽤 편찮으신 모양이어서요. 연합 쪽 애들 회의 때도 서동호가 대리로 참석한다는 모양이거든요."

"편찮다?"

"저도 자세히는 모르고, 그렇다는 이야기만 전해 들었습니다."

박철민의 말에서 박순길은 하극상의 냄새를 맡았다.

'대가리가 커진 부하가 들고일어나는 건 그짝 바닥에서 드문 이야기도 아니지. 어쩌면 최봉식은 감금 중이거나…….'

이미 죽었을지도 모른다.

'요거, 아무래도…… 서동호 인마가 막나갈 만큼 큼지막한 돈이 오가는 모양이구마잉.'

그 큼지막한 자금의 출처가 어딘지는 두말할 것도 없으리라. 잠시 박순길의 눈치를 살피던 박철민이 조심스럽게 물었다.

"……저, 그런데 박순길 씨."

"예?"

"이번에 몸소 부산까지 내려오신 건…….'"

대놓고 '왜 여기 온 거냐'고 묻기 뭣해서 말끝을 흐렸지만, 박순길도 그가 묻는 질문의 의미를 모르지 않았다.

'왜긴, 나쁜 놈들 잡아넣으려고 왔지.'

하지만 속에 있는 말을 다 할 수는 없는 법, 박순길은 여기 오기 전에 미리 준비한 대답을 입에 담았다.

"아, 깜빡했군요. 이거 참, 미리 말씀을 드렸어야 했는데."

박순길이 자세를 고쳐 앉았다.

"그 왜, 이번에 J&S컴퍼니 발표도 있었고, 조광도 이 사업을 전국 단위로 확장할 계획이 있어서요. 네트워크 사업이라는 것이 서울만 대상으로 해서는 의미가 없기도 하고요."

"아…… 예, 물론이죠."

여진환에게 주워들은 이야기를 늘어놓으니 박철민도 얼추 납득한 눈치로 고개를 끄덕였다.

"이번 발표가 주주 여러분께 좋은 반응을 불러일으키고는 있습니다만, 회사 입장에서는 결행에 앞서 보다 '면밀한 검토'가 필요하지 않겠습니까? 이번에 내려온 건 그 때문이었습니다만……."

어디까지나 주워들었을 뿐, 전공도 아닌 이야기가 길어져 밑천이 드러나기 전에 박순길은 임기응변을 발휘하여 대화 방향을 고쳤다.

"오늘 말씀을 들으니 상황이 쉽지 않아 보이는군요."

"……면목이 없습니다."

"에이, 박 사장님께서 사과하실 일은 아니죠. 미리미리 준비를 해야 했는데 저희도 주주총회며 돌아가는 게 정신없다 보니 상황이 이렇게 심각한 줄은 미처 몰랐습니다."

"예……."

박순길이 몸을 의자에 기대며 한숨을 내쉬었다.

"그렇기는 합니다만, 상황이 이렇게 흘러가면 위쪽에서도 걱정이 많을 것 같다는 생각은 듭니다. 박 사장님께서 이번 사업의 전초기지 역할을 해 주셔야 하는데, 이렇게 깡패 놈이 설쳐 대서야…… 나 원."

"……."

"무슨 좋은 방법이 없을까요?"

박순길의 걱정도 이해가 갔다—고 박순길은 생각했다—.

이번 J&S컴퍼니 설립 결의가 통과되는 건 이미 불 보듯 뻔한 대세였고, 말마따나 대운유통은 영남 지방을 향하는 조광 그룹의 전초기지 역할을 해 내야 한다.

'서동호만 없다면, 말이지만.'

조광 입장에서는 대운유통이 계열사로서 제 역할을 하지 못한다면, 굳이 부산 조폭과 대립각을 세울 필요 없이 다른 계열사를 만들어 버리면 그만이다.

하지만 그래서야 박철민이 보낸 지난 인고의 세월은 허투루 돌아갈 것이고, 대운유통의 앞날마저 불투명해질 것이 뻔한 일.

'내가…… 뭔가를 해야 해.'

눈앞의 기회를 놓치고 싶지 않았던 박철민은 필사적으로 머리를 굴렸다.

'서동호가 문제라면, 서동호를 견제할 만한…… 그리고 그 중재까지 겸한다면?'

지금 부산 조폭 연합이 그 해답이 되어 주지 않을까?

유명무실하다고는 하나 그래도 최소한 그들을 한자리에 모을 명분은 있는 단체다.

'일단 서동호의 대립 세력을 끌어들인 다음, 서동호를 회담에 불러내는 거지. 어쨌거나 서동호 역시 조광과 척을 지고 싶지는 않을 터, 대운유통을 내버려 두는 조건으로 회담을 끌어간다면…….'

물론 그 과정에서 여기저기 찔러 넣고 챙겨 줄 돈이 꽤 필요하겠지만, 뒤따를 이익에 비하면 새 발의 피일 것이다.

한편, 박순길은 생각에 잠긴 박철민을 가만히 바라보며 속으로 픽 웃었다.

'이거, 생각을 꽤 오래 하는구마잉.'

그럼에도 박순길은 그를 재촉하는 일 없이 느긋하게 기다려 주었다.

'분명 내나 지한테 유리한 방향으로 통밥을 굴리는 중일 것잉께.'

그렇게 기다려 준 보람이 있어서, 박순길이 한참 만에 입을 뗐다.

"저, 조금 번거로울 수도 있습니다만, 생각난 해결책이 있습니다."

"뭡니까?"

"예. 우선 양필두 회장을 만나 보시지 않겠습니까?"

······양필두는 또 누구여?

'깡패 새끼인 거 같기는 헌디.'

하지만 박순길은 모르는 티를 내색하지 않으며 턱을 긁적였다.

"흠, 혹시 그 양필두 말입니까?"

"예. 양필두 회장은 요즘 서동호와 대놓고 대립하고 있거든요. 일단 그를 포섭해 두면 연합 내에서도 꽤 도움이 될 겁니다."

박철민이 말을 이었다.

"그 뒤 조광의 이번 사업에는 대운유통이 필요하니, 서동호로 하여금 대운유통을 내버려 두는 조건으로 이야기를 진행한다면 승산이 있을 거 같습니다. 일단 박순길 씨께서 먼저 안면만 터 두신다면······."

이어지는 박철민의 계획을 들으며 박순길은 고개를 끄덕였다.

'쪼까 스케일이 커지는구먼.'

그건 박순길 입장에서도 나쁘지 않은 이야기였다.

'몸소 호랑이 굴로 들어가야 한다는 점만 제외한다면 말이 지만서두.'

뭐, 그렇긴 하지만 오믈렛을 만들려면 계란을 깨야 한다는 말도 있지 않은가.

'게다가 나가 마동철이를 만날라믄 그게 제일일 테고.'

박순길이 고개를 끄덕였다.

"좋습니다. 그렇게 해 봅시다."

꽤나 많은 성과를 거둬들인 방문이었다.

'이거, 박철민을 찾아오길 잘한 거 같어.'

박순길은 대운유통 회사를 걸어 나오며 핸드폰을 꺼냈다.

'그라믄 정 형사님께 보고를 해 볼까.'

아마 지금쯤이면 정진건도 볼일을 마치고 돌아올 시간일 것이다.

'점심이라도 먹으면서…… 응?'

정진건에게 전화를 걸려던 박순길은 묘한 기분에 휩싸였다.

'가만 보자. 박철민이 내를 조광 쪽 사람이라 착각했으믄 금마도 그런 거 아닌가?'

박순길은 아까 회사 입구에서 본 1, 2, 3호를 떠올렸다.

그중 생각나는 건 단연 1호.

당시에도 박순길은 그가 순순히 물러간 것을 두고 깡패가 대낮에 민간인과 시비가 붙는 걸 염려해서 물러난 것이라고는 생각하지 않았다.

박철민을 만나 이야기를 나누기 전만 하더라도 그 이유가 뭔지 몰라 일단 염두만 해 둔 것이었는데, 지금 생각해 보면 1호는—박철민이 그랬듯—자신을 조광 측 인물이라 여겨 물러난 것은 아닐까.

'서동호도 조광이랑 척지고 싶지는 않을 테니까.'

최근 과감한 행보를 보이는 서동호였지만, 그런 그조차도 아직까진 감히 조광을 건드릴 생각은 하지 못하는 것이리라.

'엉겁결에 생긴 위장신분인데, 꽤나 도움이 되는구면.'

다만 손은 대지 않더라도 자신의 행보에 '관심'을 보일 것은 자명했다.

'게다가 아직 서동호가 조광이랑 관계를 이어 가고 있는지, 있다면 어느 정도로 가까운지도 모르니 시간을 질질 끌어 봐야 좋을 건 없겠구마잉.'

아마 이미 곧장 따라붙고 있을 추적을 따돌려 볼까도 생각했지만, 여기는 박순길도 초행인 부산이었다.

부산을 제 안방으로 쓰고 있는 서동호 패거리를 따돌릴 수 있을 거란 생각은 들지 않았다.

'자동차도 없고 말이지.'

이렇게 된 이상, 임기응변을 발휘하기로 했다.

'상황을 이용해 부리는 거제.'

박순길은 품속의 박철민에게 받은 연락처를 의식하면서

택시를 잡아탔다.

"택시!"

산업 단지여서 택시는 금방 잡혔다.

"어디로 모실까요?"

"거…… 광안리로 갑시다."

"예."

미터기를 꺾은 택시 기사가 곧장 차를 몰았다.

'아따, 이거 보게.'

박순길은 힐끗 택시 뒤편을 보았다.

박순길이 탄 택시가 움직이자 골목에서 승합차 한 대가 거리를 두고 나타난 것이다.

'아무래도 점마들인가 보구마잉.'

박순길은 픽 웃으며 시트에 등을 붙였다.

'늦지 않게 잘 따라오그라잉.'

원래는 정진건과 합류해 추후 계획을 상의하는 등 조금 더 시간을 두고 실행에 옮기려 했지만……

박순길은 품을 뒤져 연락처를 꺼낸 뒤, 핸드폰을 꾹꾹 눌렀다.

"여보세요. 혹시 양필두 회장님 핸드폰입니까? ……아, 예. 다름이 아니라 대운유통 박철민 사장님이 소개해 주셔서 연락드렸습니다."

'이거, 괜찮은 건가?'

한편, 박순길이 돌아가고 난 뒤 사장실에 틀어박힌 박철민은 담배를 뻐끔뻐끔 피워 대며 골머리를 싸매는 중이었다.

'암만 위기가 기회라지만······.'

박철민은 왠지 모르게 또 한바탕 파란이 일 것 같다는 예감이 들었다. 그렇다고 이대로 손 놓고 있다가는 죽도 밥도 안 될 것이 분명했기에, 박철민은 차라리 이번 일을 좋은 기회라 여기기로 했다.

하지만 마음은 생각과 따로 놀아서, 그럼에도 불구하고 박철민은 줄곧 묘한 위화감을 느끼고 있었다.

'박순길은 정말로 다 알고 있는 건가?'

그야, 부서만 달라져도 업무 공유가 꼬이기도 하는 마당에 돌아가는 상황을 모른다 하더라도 말이 안 되는 건 아니지만······.

'그가 구봉팔 이사 측 파벌이 아닐 것 같다는 점이 왠지 마음에 걸리는군.'

그도 그럴 것이 이번에 CEO로 취임한 이철희는 이사진 측 인물로 보였고, 이사진의 일원인 광금후를 공격한 구봉팔은 그 이사진과 반대편에 선 인물이었다.

'그런데 이제 와서 직접 사람을 보내 부산 쪽 상황을 살핀다는 건……. 아니지, 생각해 보면 구봉팔 이사가 어느 편에 서 있는지는 명확하지 않아. 뒤늦게 마음을 고쳐먹었을지도 모르고…….'

만약 광금후와 신진물산, 광남파로 이어지는 라인을 공격한 것이 이사진 내부의 집안싸움 결과라면…….

이럴 줄 알았으면 억지를 써 가며 주주총회장에 얼굴이라도 비쳐 볼 걸 그랬다고 생각하면서도, 자신이 부산에서 회사를 지키고 있지 않으면 서동호가 마수를 뻗칠 것도 분명했기에 다시 그 시절로 돌아간다 하더라도 같은 결정을 내렸을 것이다.

'빌어먹을, J&S컴퍼니? 그런 게 있었으면 미리 귀띔이라도 줬어야지.'

아니, 생각해 보면 그 비슷한 전조를 김민수(강이찬)에게 듣기도 했으니 구시렁거려 봐야 자신만 시류를 읽지 못한 멍청이가 될 뿐이다.

'어렵군. 꼬일 대로 꼬였어.'

뭐, 꼬인 원류를 되짚어 가자면 대운유통 사장으로 취임한 순간부터 시작되지 않았을까 싶기도 하고…….

"아뜨뜨!"

생각이 길었던 탓일까, 박철민은 뒤늦게 손가락을 달군 꽁초를 재떨이에 버리며 손가락을 후후 불었다.

"쓱, 이놈의 담배 끊든가 해야지 원."

박철민이 올해에만 수십 번도 했을 결심을 중얼거리고 있으려니.

부우웅.

책상에 올려 둔 핸드폰이 늦여름 아스팔트에 떨어진 매미처럼 울어 댔다.

'받기 싫다.'

생각과 몸은 따로 놀았다.

박철민은 손을 뻗어 곧장 전화를 받았다.

"여보세요."

—아, 박 사장. 나 양필두요.

파라솔파 두목 양필두?

박철민은 반사적으로 벽에 걸린 시계를 보았다.

'빨리도 연락했군.'

자신에게 양필두의 연락처를 받아 간 박순길이 회사를 나가자마자 그에게 연락을 한 모양이라 생각하며 박철민은 입에 관성적으로 익은 비즈니스 멘트를 담았다.

"아, 양 회장님. 오랜만입니다. 이거, 제가 먼저 연락을 드렸어야 하는데……. 식사는 하셨습니까?"

말하면서도 '회장은 무슨…….' 하는 생각이 욕지기처럼 치밀어 올랐다.

요즘에는 개나 소나 회장이니 사장이니 하는 직함을 달고 있다 보니 껑패 놈들마저 자신을 회장이라 소개할 지경이다.

-하하, 뭐, 그럴 시간이긴 하네. 오늘은 선약을 잡아서 좀 그렇긴 하지만, 언제 한번 밥이나 먹지. 그래.

"물론입니다."

피차 관성적인 이야기를 주고받은 뒤, 양필두가 본론을 꺼냈다.

-그런데 말이오, 아까 박순길이란 사람한테서 연락을 받았는데…… 박 사장이 소개를 해 줬다고 해서.

"아, 예. 그랬습니다. 회장님께 도움이 될 만한 인물이라고 생각해서요. 혹시 실례였습니까?"

-음…… 아니오. 우리 사이에 무신.

사실, 박철민은 예전부터 양필두가 조금 껄끄러웠다.

양필두는 그야말로 전형적인 '부산 조폭'이란 느낌의 인물로, 운 좋게 몇 년 전 범죄와의 전쟁 이후 빈자리를 차지하며 세력을 키운 자였다.

그래서 양필두는 서동호를 필두로 한 신세대에 넣기에도, 최봉식을 비롯한 구세대에 넣기에도 어중간한 인물이라고도 할 수 있었는데, 일단 그와 안면을 트고 지내는 사이인 박철민은 그를 볼 때면 그가 분수에 맞지 않는 자리를 차지하고 있다는 생각을 왕왕 해 온 것이었다.

'그런 주제에 욕심은 많아서 까다로운 요구를 해 올 때도 많지.'

하지만 지금은 서동호라는 공공의 적을 두고 있는 상황이니—소문으로는 얼마 전 회담에서도 서동호의 멱살을 잡기 직전까지 갔다고 했다—그에 대한 개인적인 감정은 차치해 두고 있는 형편.

양필두가 말을 이었다.

-아무튼 그래가 만나서 밥이나 묵자고 하더만, 뭐 하는 사람이요?

박순길은 그에게 자신이 누구란 것도 밝히지 않은 건가?

'신중한 성격인 모양이군.'

박철민은 그럴 필요가 없음에도 반사적으로 목소리를 낮췄다.

"박순길 씨는 조광에서 온 사람입니다."

-……조광?

양필두의 어조가 일변했다.

-금마들이 여길 왜 또 오노?

그 목소리에 박철민은 뭔가 잘못된 건가 싶어 가슴이 철렁했다.

"예? 그야……."

왜 그런 반응인 거지?

'마치 조광이 여기 와서는 안 된다는 양…….'

혹시 조광 그룹은 자신이 모르는 사이 부산 조폭 연합과 모종의 거래를 했던 것일까?

박철민이 당황하는 사이, 양필두가 말을 이었다.

-아니 내 말은……. 서울서 먼 길 했다 싶어가 그랬지.

양필두의 평온한 어조에 박철민은 떨떠름한 기분을 감추며 대답했다.

"아…… 예. 그렇죠. 저희 대운유통이 조광 그룹 계열사가 아닙니까. 이번에 J&S컴퍼니 발표도 있었고……. 그 사람 말로는 그 일을 확인차 내려온 거라고 했습니다."

─그랬구먼.

양필두는 박철민이 느낀 위화감을 눈치채기라도 할세라 재빨리 말을 이었다.

─허긴, 서울 애들이 부산에서 사업을 하려면 여기저기 인사를 해야 하겠지.

"예. 그리고 말입니다만."

양필두의 반응에서 느낀 위화감이야 어쨌건, 자신이 살아남기 위해서라도 이번 중개를 성공시켜야 했던 박철민은 얼른 본론을 꺼냈다.

"박순길 씨는 최근 서동호의 행보를 언짢게 보는 눈치더군요."

─…….

전화 통화가 아닌 실제로 얼굴을 마주하고서 대화를 나누고 있었더라면 양필두의 반응을 살필 수 있을 텐데.

박철민은 손바닥에 밴 땀을 의식하며 양필두의 대답을 기다렸다.

─좋소.

양필두가 말했다.

─한번 만나 보지.

"예!"

다행히도 양필두는 이번 제안을 받아들였다.

─그나저나 박 사장. 내가 그 박순길이란 사람을 만나기 전에 알아 둬
야 할 것이 있소?

"예? 어떤……."

박철민이 마른침을 꿀꺽 삼켰다.

생각해 보면 박순길에 대해 아는 것이라고는 그가 조광에
서 왔다는 것과 3 대 1의 상황에서도 배짱을 부릴 담력과 실
력이 있다는 것 정도뿐이었다.

'조광에서 어떤 직책을 맡고 있는지, 어느 파벌에 속해 있
는지도 모르고……. 아니 애당초 진짜 조광 쪽 인간이 맞나?'

아니라기엔 꽤 자세히 아는 것 같던데.

대답을 망설이는 사이 양필두의 목소리가 슥 미끄러지듯
들어왔다.

─그 왜, 있잖소. 어떤 아가씨가 취향이라거나 하는 거.

"하, 하하. 글쎄요. 저도 거기까진 모르겠습니다."

─에잉, 쯧쯔. 뭐, 아무튼 알겠소. 나도 박순길이한테 스케줄 확인이 끝
났다는 걸 알려 줘야 하니, 이쯤에서 끊지. 박 사장, 다음에 한번 밥이나
먹읍시다.

"예, 물론입니다."

그렇게 통화를 마치고, 박철민은 참았던 한숨을 토하며 의자에 등을 묻었다.

"씁."

그는 담배를 꺼내 불을 붙이고 방금 전 긴장을 연기에 담아 뿜었다.

"야, 상훈아."

박순길이 머릿속으로 2호로 명명한, 장이수가 말을 건네자.

"예, 행님."

숙소 근처 슈퍼마켓에서 산 쭈쭈바를 빨던 3호 염상훈이 대답했다.

"니 생각에는 아까 금마, 뭐 하는 놈 같노?"

"예? 아까 금마예?"

장이수가 인상을 찌푸렸다.

"거, 전라도 사투리 쓰던 새끼 말이다."

"아…… 글쎄예."

"생각해 보믄 말이다, 일호 행님이 거기서 순순히 물러난 기 마음에 걸리 갖고 내가 생각 쫌 해 봤거든?"

그 안 좋은 머리를 굴려서 내놓은 정답에 기대는 안 됐지만, 속에 있는 말을 해 봐야 정강이만 까일 뿐이니 염상훈은 얌전히 맞장구를 쳤다.

"행님은 뭐라고 생각하셨는데예?"

"음, 내 생각에는 말이다."

장이수가 생각한 답을 내놓았다.

"파라솔파 아가 아닌가 싶다."

"예? 파라솔파예?"

"그래. 박 사장이 혹시 파라솔파 양필두랑 손을 잡아 뿐 거 아인가 싶은데, 니 생각은 어떻노?"

염상훈은 어리둥절한 얼굴이었다.

"박 사장이 왜예?"

장이수가 염상훈의 정강이를 발로 찼다.

"왜긴 새끼야, 지금 큰행님이랑 사이가 안 좋은 게 양필두니까 그렇지."

씁, 이미 다 생각하고 있었으면서 왜 물어봤담.

'그런데 양필두 밑에 전라도 사투리를 쓰는 깡패가 있었나?'

염상훈은 정강이를 매만지며 그렇게 생각했지만, 생각한 바를 입 밖에 내지 않고 장이수의 말을 받았다.

"예, 저도 행님 말씀이 맞는 거 같습니더."

"그제? 그래서 말인데, 니 차 뽑았제?"

그래서 말인 거랑 내가 차를 뽑은 게 무슨 관계가 있는 건지 모르겠다고 생각하면서 염상훈이 고개를 끄덕였다.

"예, 중고 프린스예."

얼마 전 조직 전체에 '성과금'이 한바탕 돌아서, 염상훈은 차곡차곡 모아 둔 돈을 합해 중고차를 한 대 뽑은 것이다.

"니 그거 타고 내랑 어디 좀 가자."

"예? 사무실에 들어가 봐야 하는 거 아닙니꺼?"

"쯥."

장이수가 혀를 차자 염상훈은 또 정강이를 차일까 싶어 움찔했지만 다행히 그런 일은 일어나지 않았다.

"상훈아, 자고로 사나이라는 건 말이다."

장이수가 담배를 꺼냈고, 염상훈은 입에 쭈쭈바를 문 채 불을 붙여 주었다.

장이수는 담배를 두어 번 빤 뒤 말을 이었다.

"움직여야 할 때를 알고 움직여야 하는 법인기다."

웬 개똥철학을 늘어놓는 건지.

'뭐, 이 지랄이 하루 이틀 일도 아니지만.'

염상훈은 왠지 장이수의 손가락 사이에 낀 담배 연기가 흔들리는 것 같다고 생각하며 고개를 숙였다.

"예, 행님. 새겨듣겠습니다."

"……그리고 지금은 움직여야 할 때다. 알겠나?"

그리고 그건 왠지, 염상훈에게 하는 말이라기보다는 장이수 자신에게 하는 당부처럼도 들렸다.

"……예."

"그래."

그러고 장이수는 담배를 쭉 빨아들인 뒤, 바닥에 꽁초를 버리고 발로 비벼 껐다.

"알아들었으믄 차 끌고 숙소 앞에 대기시키 놔라."

어딜 가려고 그러는 거냐고 물으려던 염상훈은 장이수의 표정을 보곤 묻지 않았다.

"예."

장이수는 곧장 숙소로 향하더니, 뒤를 돌아보았다.

"대기시키 놔라."

"예, 행님."

그제야 염상훈은 반도 먹지 못한 쭈쭈바를 입에 문 채 주차장으로 냉큼 달렸다.

'뭔지는 모르겠지만…… 에휴, 저 양반 지랄 받아 주는 것도 하루 이틀 일이어야지.'

염상훈은 쭈쭈바를 빨며 입구에 차를 댔다.

"니도 주인 잘못 만나가 고생이 많다."

염상훈이 보닛을 퉁퉁 두드리며 자동차를 위로하고 있으려니, 장이수가 계단을 뛰어 내려왔다.

"타라."

장이수는 누가 볼세라 그렇게 말하며 얼른 조수석에 올라탔다. 그 모습에 염상훈은 어리둥절한 얼굴로 운전석에 탔다.

"탔습니더, 행님."

"좋아."

그러고 장이수는 창문을 열고 주위를 두리번거리더니 염상훈에게 말했다.

"니, 이거 아무한테도 말 안 할 거제?"

"하모요. 뭔데 그러십니꺼?"

장이수는 후우, 하고 심호흡을 한 뒤, 재킷에 넣어 둔 오른손을 꺼냈다.

"이기 뭔지 알겠나?"

"······총, 맞지예?"

장이수의 손에 들린 건 권총이었다.

다만, 눈으로도 보이는 질감이며 무게감이 동네 초등학생들이 가지고 노는 모형 총과 그 느낌이 달라 보이는······.

염상훈이 펄쩍 뛰었다.

"행님, 이거 설마 진짜 총입니꺼?"

"그래."

장이수가 입매를 비틀었다.

"얼마 전에 큰행님이 광남파 아들 쓸어뿐 거 알제? 그때 창고에서 나온 물건 중 하나다."

"······."

출처까지 듣고 나니 장이수의 손에 들린 권총의 실체가 더 명확해졌다.

비록 장이수는 그 작전에 참석하지는 않았지만, 장이수는 저래 보여도 위쪽 형님들이 잘 챙겨 주는 편이니 물건을 관리하는 누군가가 그에게 조직에 돌아다니는 걸 한 정 챙겨 준 모양이었다.

"……행님, 이걸로 뭐 하실라고예?"

장이수는 품에 권총을 집어넣으며 대답했다.

"일단 대운유통으로 돌아가자."

대답은 했지만, 그건 '뭘 할 건지'에 대한 대답이 아니었다.

"행님, 설마 박 사장을…….."

"아이다."

아직은, 하고 중얼거린 장이수가 말을 이었다.

"일단은 박 사장 금마가 우리를 배신했는지부터 확인하는 기라."

"……행님은 박 사장이 양필두한테 붙었다고 생각하십니꺼?"

"그래."

장이수가 창밖을 힐끗 보았다.

온수도 제대로 안 나오는, 지은 지 오래된 빌라. 밤이면 도둑고양이들이 울어 대는 동네.

그러며 장이수는 얼마 전 태화빌딩 최 사장에게 두둑한 용돈을 받아 냈다고 자랑하던 동기의 얼굴을 떠올렸다.

그에 비해 자신은 별 볼 일 없는 이일호 아래에서 업체 사장 뺑이나 뜯고 있지 않은가.

'심지어 그 푼돈은 다 이일호 금마한테 돌아가고…….'

이대로 있다가는 여느 실패한 건달들처럼 비루먹는 앞날만이 있을 뿐일 거란 생각에 장이수는 요 며칠 잠을 설쳤다.

"그러니까 움직이지 않으믄, 안 된다."

"……."

총을 가진 장이수에게 염상훈은 아무런 말도 할 수 없었다.

생각하는 사이 박철민의 재떨이엔 꽁초가 쌓여 갔다.

'아무튼 양필두를 비롯한 조폭 연합이 뭔가를 숨기고 있는 건 분명해 보이는군.'

그건 아마도 조광과 관련한, 아니 조광과 '무관'한 이야기로 정리하기로 한 것일 터였다.

'생각해 보면 조광은 광남파를 칠 때 부산 조폭 연합의 손을 빌어 차도살인을 행한 셈이지.'

광남파를 없애자는 목적 자체는 조광과―정확히는 내부의 구봉팔 파벌―부산 조폭 연합의 이해관계가 맞아떨어진 일이었다.

조광 입장에서는 광금후 파벌의 돈줄을 끊는다는 목적이 있었을 것이고, 부산 조폭 연합은 저들 구역을 침범하는 광남파를 응징한다는 목적이 있었다.

그간 부산 조폭들이 광남파를 함부로 건들지 못한 이유는 광남파 배후의 조광을 의식해서였는데, 조광의 다른 파벌이 손을 들어 주기로 한 이상 규모 면에서 광남파를 압도하는 부산 조폭이 놈들을 소탕하는 것쯤은 어렵지도 않은 일.

'다만 그 과정에 무언가 추가로 거래할 것이 있었단 말인데…….'

조광이 눈감아 줄 법한 일은 뭐가 있을까, 생각하던 박철민은 퍼뜩 깨달았다.

'설마, 마약인가?'

이러니저러니 해도 대운유통의 사장으로서 물류유통을 생업으로 삼고 있는 박철민이니, 자신의 업을 뒷세계 일에 적용하는 것쯤은 어렵지 않았다.

'광남파도 생산자가 아닌 일종의 중개무역상이지. 즉, 광남파가 사라져도 상품은 남아 있어. 심지어…….'

광남파의 '거래처'는 아직 건재할 것이다.

'그러니까 광남파 청산, 나아가 광금후의 자금줄을 끊는 것이 목적이던 조광은 부산 조폭 연합이 그 마약을 가지고 뭘 어떻게 하건 관여하지 않겠다는 약속을 했고…….'

양필두는 그 협약 당사자 중 하나로 남았다?

하나둘, 퍼즐 조각이 맞아떨어질 때마다 불안감도 짙어졌다.

'그래, 예의 밀가루 때 광남파 놈 하나가 끼어 있었댔지. 놈들은 그때 이미 손을 잡았던 거야!'

어쩌면 서동호가 대운유통에 집적거렸던 것도, 그들이 입수한 마약의 유통 및 공급처로 염두에 둔 일이었을지도 모른다.

'이 새끼들이 내 회사를 갖고 놀아?'

거기까지 생각에 미치자 박철민은 말 그대로 미치고 팔짝 뛸 기분이었다.

'생각해 보면 서동호가 부하들을 보내서 시비를 걸어오기 시작한 건 주주총회 전, 그러니까 J&S컴퍼니가 발표되기 얼마 전이었어. 혹시 놈은 미리 그 정보를 입수하고서……? 헉!'

이번엔 박철민의 얼굴이 파랗게 질렸다.

'그래, 부산에 내려온 시점에 김민수는 이미 J&S컴퍼니가 설립될 것을 다 알고 있었지. 그러니까 놈들은 처음부터 그 내용을 협상용 카드로 준비했던 거고…….'

외통수에 걸렸다.

"옘병할!"

쨍그랑!

분을 이기지 못한 박철민이 홧김에 재떨이를 집어 던졌고, 문에 맞고 바닥에 재떨이는 마치, 회사와 자신의 미래를 보는 것처럼 산산이 조각나 흩어졌다.

"……빌어먹을."

박철민이 숨을 식식 내쉬며 머리칼을 잡아 뜯고 있는데, 노크 소리가 들렸다.

똑똑.

"사장님, 실례합니다."

비서의 목소리에 박철민은 응접용 탁자에 놓인 찻잔 두 개를 보며 짜증 섞인 목소리를 높였다.

"컵은 나중에 치워!"

눈치 없는 년 같으니라고.

그런데 문 바깥에 선 비서가 의외의 말을 내놓았다.

"저, 그게 아니라 손님이 오셔서⋯⋯."

"손님?"

이 아침부터 누가 찾아온다고⋯⋯.

비서의 뒤이은 말에 박철민은 저도 모르게 의자에서 벌떡 일어섰다.

"네, 조광에서 오셨다고 합니다."

조광?

박철민은 선 채로 잠시 멍한 기분에 휩싸였다.

다음 권으로 이어집니다